La princesse défendue

MAISEY YATES

La princesse défendue

Traduction française de
MARGUERITE GUILLEMET

AZUR

HARLEQUIN

Collection : Azur

Titre original :
HIS FORBIDDEN PREGNANT PRINCESS

HARPERCOLLINS FRANCE
83-85, boulevard Vincent-Auriol, 75646 PARIS CEDEX 13
Service Lectrices — Tél. : 01 45 82 47 47

www.harlequin.fr

ISBN 978-2-2804-3792-9 — ISSN 0993-4448

1.

Elle était en dessous de lui, dans tous les sens du terme. Son sang de roturière, son physique objectivement quelconque (un physique que les stylistes les plus connus du pays, les traitements esthétiques les plus onéreux, les maquilleurs les plus célébres n'avaient pas réussi à transformer en réelle beauté). Jusqu'à sa posture et sa diction…

Sa demi-sœur. Celle qu'il avait toujours considérée comme une tache bien terne sur la tapisserie chamarrée et rutilante de la famille royale de San Gennaro.

Celle dont il devait souffrir la présence, quoique avec peine, dans *son* palais, dans *son* existence.

Celle qu'il avait maintenant l'obligation de marier au plus offrant.

La demi-sœur qu'il désirait plus que tout au monde.

Elle était en dessous de lui sous tous les points de vue, sauf celui de ses fantasmes.Impossible, évidemment.

C'était un rêve impossible, parce qu'elle venait du peuple, parce qu'il ne pouvait lui avouer ses secrets, mais avant toute chose… parce qu'elle était sa demi-sœur, et qu'il était roi.

— Tu m'as fait appeler, Luca ?

Sophia avait levé son regard bleu sombre vers lui, les prunelles ternies par une émotion qu'elle voulait muette ; sans doute l'aversion profonde qu'elle avait toujours eue pour lui.

Mais le sentiment était réciproque ; et s'il parvenait à endurer une telle indignité sans broncher, alors Sophia, couverte de privilèges qu'elle ne méritait pas, le pouvait également.

— Effectivement. Comme tu le sais, mon père s'est assuré de protéger votre position, à ta mère et toi, avant de mourir. Aux yeux de la loi, tu fais partie intégrante de la famille royale et dois par conséquent être traitée comme sa fille légitime le serait.

Sophia baissa les yeux, ses cils sombres formant comme un éventail de soie sur sa joue pâle. Elle avait des taches de rousseur qui ne manquaient jamais de l'agacer ; peut-être parce qu'il aurait voulu les compter. Parce que, parfois, il aurait voulu les embrasser une à une.

Elle aurait dû les dissimuler avec du fond de teint, comme toutes les femmes de sa caste. Elle aurait dû respecter les exigences de son titre.

Mais non. Aujourd'hui, dans sa robe informe, ses jambes dévoilées semblaient trop longues et trop fines. Elle ne les avait pas couvertes et portait des chaussures plates. Aucun bijou. Ses cheveux sombres tombaient tristement sur ses épaules. Il priait pour qu'elle ne soit pas sortie ainsi en public.

— Oui… ? répondit-elle enfin.

Et lorsque son regard sombre croisa soudain le sien, un éclair brûlant le transperça instantanément. Réflexe insupportable. Ses arguments étaient inébranlables : elle n'était pas belle, pas lorsqu'il la comparait aux femmes élégantes qu'il invitait dans son lit. Pas lorsqu'il la comparait à presque toutes les autres princesses du monde.

Mais elle était captivante. Elle l'avait fasciné dès la première seconde. Au début, il avait balancé entre la méfiance et la curiosité devant cette créature étrange qui venait d'investir sa vie. Quand leurs parents s'étaient mariés, elle avait douze ans, et lui, dix-sept.

Sophia n'avait jamais connu que l'école publique, ne

comprenait pas leurs règles et leur savoir-être, ne respectait pas la hiérarchie rigide du palais. Elle prenait la parole spontanément, trébuchait sans arrêt et le traitait avec une familiarité qu'il n'avait jamais rencontrée.

Sa mère était une femme chaleureuse et vive qui avait rendu à son père la joie de vivre qu'il avait perdue après la mort de sa première femme. Elle avait vite compris les rouages de leur monde et faisait honneur à son rôle de reine.

Sophia, en revanche, avait toujours résisté aux obligations de sa nouvelle vie. Elle les contestait toujours, discrètement, fermement, avec ses jambes nues, son visage sans maquillage.

Mais l'irritation qu'elle attisait en lui s'était métamorphosée en un sentiment plus déroutant quelques années plus tard, lorsqu'elle avait environ seize ans. Le besoin qu'il avait eu jusque-là de la suivre des yeux, avec perplexité, comme on suit une araignée qui s'immisce sur le mur de sa chambre et menace d'attaquer, s'était lentement affûté en une fascination irrépressible.

Un jour, il l'avait trouvée à bout de souffle, tout juste revenue du jardin où elle avait couru, à dix-sept ans passés, comme une enfant – et il avait compris. Il avait compris que s'il avait pu capturer sa bouche insolente d'un baiser, elle aurait enfin capitulé. Et peut-être aurait-il brisé son terrible envoûtement.

L'envie de l'embrasser avait gagné en intensité avec les années, s'était pervertie en un désir bien plus intense, bien plus absolu, et auquel il ne pourrait jamais céder. Jamais.

Comme il venait de l'annoncer, son père avait décrété qu'elle faisait partie de la famille. Aussi officiellement que s'ils avaient été liés par le sang.

Et il allait mettre fin à cette torture, une bonne fois pour toutes.

— Père m'a donné une mission spécifique afin d'assurer

ta position, continua Luca. Et puisque six mois ont passé depuis sa mort, il est temps pour moi d'honorer sa requête.

Elle fronça les sourcils.

— Quelle requête ?

— Ton mariage, *sorellina.*

Petite sœur. Une façon parmi d'autres de se rappeler à l'ordre.

— Mon mariage ? Je préférerais commencer par une simple sortie au cinéma, Luca.

— C'est inutile. Une femme de ton statut ne va pas « au cinéma ». Je me suis déjà penché sur une liste de prétendants qui pourraient te convenir.

— C'est… toi qui vas choisir mon mari ? demanda-t-elle d'un ton incrédule.

— J'ai l'intention de faire venir une sélection de candidats. Je n'aurais pas l'arrogance de prendre la décision finale à ta place, bien évidemment.

Elle lâcha un petit rire sec et inélégant.

— Oh ! non. Tu as *simplement* l'arrogance de m'annoncer que je vais me marier et que tu as déjà commencé à organiser l'événement. Dis-moi, Luca, as-tu aussi choisi ma robe ?

Bien sûr qu'il aurait son mot à dire sur la robe ; si elle pensait le contraire, elle avait perdu le sens des réalités.

— Pas encore, rétorqua-t-il froidement.

— Et si je refuse ?

— Tu ne refuseras pas.

Il en avait la certitude. Il était roi, et elle ne pouvait rien lui refuser. Elle n'en avait pas le droit et, surtout, il ne l'admettrait pas.

— Pourquoi pas ?

— Tu peux, évidemment, te moquer de la générosité dont mon père a fait preuve envers ta mère et toi. Tu peux, évidemment, décider de provoquer une rupture irréversible entre nous.

Elle croisa les bras, le visage incliné de côté.

— J'aurais des difficultés à provoquer une rupture entre nous, Luca. Quoi que tu en dises, tu ne t'es jamais comporté comme un frère aimant avec moi.

— Sans doute parce que tu n'as jamais été une sœur pour moi, assena-t-il d'une voix dure.

Elle ne comprendrait pas le double sens de cette déclaration, ni pourquoi il avait répondu aussi abruptement. Et effectivement, un éclair de confusion passa sur son visage. Elle secoua la tête, ses cheveux sombres et brillants dansant sur ses épaules.

— Je ne suis pas obligée de faire ce que tu me demandes. Ton père ne m'aurait jamais forcée à me marier. Il m'aimait. Il voulait que je sois heureuse.

— Il pensait te rendre heureuse ainsi. La dépêche est signée de sa main. Si tu veux la voir, je peux la faire envoyer dans tes quartiers. Des quartiers où tu habites, soit dit en passant, parce que mon père avait beaucoup d'affection pour toi. Il a pris des mesures exceptionnelles en te traitant comme son enfant légitime. Il t'a offert la possibilité de choisir ton mari parmi des hommes de noble ascendance. Tu as le droit de rejeter ce don si tu le souhaites ; mais, à ta place, je réfléchirais longuement à ce que signifierait ton refus.

Sophia n'avait pas besoin d'y réfléchir, elle *sentait* la catastrophe toute proche. Son cœur battait si fort qu'elle avait peur de s'évanouir d'une minute à l'autre ; des frissons la parcouraient tout entière.

Elle ne songeait pas à ce que signifierait son refus, pas comme l'exigeait Luca.

Luca.

Son demi-frère, si beau et si austère, s'était toujours comporté avec elle comme un roi plutôt que comme un proche. Distant. Inatteignable. Son visage parfaitement ciselé était plus terriblement beau qu'il ne l'avait été lorsqu'elle l'avait rencontré, lorsqu'il avait dix-sept ans. Il avait été un bel adolescent, bien sûr. Mais, à l'époque, son ossature sévère avait été adoucie par une chair plus tendre ; ses yeux noirs comme la nuit étaient moins acérés que les iris d'obsidienne qu'il posait sur elle aujourd'hui. La rondeur enfantine avait disparu. Sa peau était plus rude, et l'ombre d'une barbe naissante suivait la ligne de sa mâchoire carrée.

Elle n'avait jamais rencontré quelqu'un comme lui. Elle avait été arrachée à l'obscurité et à la pauvreté lorsqu'elle avait douze ans, soudain propulsée dans une vie de château dont elle ne comprenait pas les subtilités. Et puis, il y avait *lui*.

Elle avait toujours voulu le provoquer, le défier, fissurer sa façade de marbre, même avant de comprendre pourquoi elle recherchait son attention avec tant d'obstination.

Elle l'avait réalisé petit à petit.

La première fois qu'elle était allée à un bal et que Luca était venu avec une autre femme à son bras, le doute s'était mu en certitude. La douleur qui l'avait saisie ne pouvait signifier qu'une chose. Sophia en était consciente, même si elle n'avait que quatorze ans. Elle avait su que la fièvre soudaine qui avait couru sur sa peau ne pouvait être que de la jalousie. Elle aurait voulu prendre le coude de Luca et danser dans le creux de ses bras.

Elle aurait voulu être celle qu'il ramenait dans ses appartements et avec qui il faisait les choses secrètes dont elle ne connaissait pas encore la teneur. Lui. Toujours lui.

Comme Luca venait de l'admettre, il ne l'avait jamais traitée comme une sœur. Il n'avait jamais été affectueux, jamais tendre, jamais plus proche que ne l'avait exigé son devoir.

Mais elle n'avait pas voulu qu'il soit son frère ; elle l'avait toujours vu d'une façon très différente.

Elle le *voulait*.

Et maintenant, il comptait la donner en pâture à un autre homme. Comme si cela n'avait aucune importance.

Sa totale indifférence n'aurait pas pu être plus évidente.

Il ne voulait pas d'elle.

Bien sûr. Elle n'était pas particulièrement belle, elle en était consciente. Et elle ne lui conviendrait jamais, absolument jamais.

Elle naviguait mal dans cette existence royale qu'il portait en étendard aussi élégamment que ses costumes taillés sur mesure. Il était né pour être roi, comme si son sang avait réellement été d'une autre teinte que celui de la plèbe. Comme s'il était une créature supérieure au commun des mortels.

Elle avait fait de son mieux pour endosser ses responsabilités, elle aussi, mais, à l'instar des robes qu'on lui faisait porter depuis son arrivée au palais, la royauté ne lui allait pas bien. Elle n'était simplement pas faite pour cela. Comme sa silhouette trop ronde n'était pas faite pour les robes de designer et les créations moulantes que des duchesses fines et graciles auraient porté à la perfection.

Elle savait tout cela : elle n'était pas à sa place, elle n'était pas à la hauteur de sa position, et ses sentiments pour Luca étaient impossibles.

Mais… impossibles à fuir, aussi.

La certitude que rien n'arriverait jamais entre eux n'avait jamais suffi à exorciser ses désirs secrets, n'avait jamais adouci la douleur que ses mots, tels des poignards, provoquaient toujours au creux de sa poitrine.

Il ne se contentait pas de lui montrer son mépris, il utilisait aussi la mémoire de son père, la seule figure paternelle qu'elle ait jamais connue, pour la contraindre à accepter son ultimatum.

Il avait raison. Le roi Magnus lui avait tout donné. Il avait offert une nouvelle vie à sa mère, bien loin des soucis contre lesquels elle avait toujours bataillé avant son mariage. Cette dernière était serveuse à une cérémonie intergouvernementale aux États-Unis lorsque le roi l'avait rencontrée, et il avait eu le coup de foudre.

Leur histoire était un véritable conte de fées, à l'exception des deux enfants qu'il avait fallu convaincre. Une petite fille terrifiée de quitter son pays pour vivre dans un palais lointain, et un garçon qui, de toute évidence, n'appréciait pas leur invasion.

Au moins, Luca semblait avoir de l'affection pour sa mère. Il ne s'était jamais montré hostile envers elle. Peut-être aurait-il été parfaitement heureux si leurs parents s'étaient mariés, mais qu'elle-même n'avait jamais existé.

Et voilà qu'il avait trouvé l'occasion parfaite pour se débarrasser d'elle.

— Ce n'est pas juste, dit-elle lorsqu'elle retrouva l'usage de la parole.

Luca leva les yeux et, lorsque son beau regard sombre croisa le sien, elle sentit son pouls, le traître, battre plus vite.

— Ce n'est pas juste ? Sophia, j'ai toujours su que tu n'étais pas dûment reconnaissante des privilèges qui t'ont été offerts sur un plateau d'argent, mais tu confirmes mes certitudes. Tu trouves injuste que mon père veuille assurer ton avenir ? Tu trouves injuste que je fasse de même ?

— Tu oublies que je ne suis pas née dans le même monde que le tien, Luca. Ce genre de choses n'arrivait à personne, dans mon univers. Je ne m'attendais pas à ce qu'elles m'arrivent à *moi*. J'ai vécu dans la pauvreté pendant les douze premières années de ma vie ; j'ai été éduquée dans l'idée que j'aurais la liberté de devenir ce que je voulais, à condition de travailler dur. Puis, d'un seul coup, ma mère et moi avons été emportées dans un tourbillon de luxe. Et ici, même si mes désirs sont des ordres, je sais que je ne peux pas être ce que je veux être.

— Tu n'avais aucun sens des réalités quand tu étais enfant, rétorqua Luca. Tu n'avais pas non plus le pouvoir de devenir ce que tu voulais à cette époque, Sophia. Tu aurais pu améliorer ton niveau de vie, bien sûr. Mais les choix étaient déjà limités. Contrairement à ce que tu crois, tu n'as jamais été complètement libre, Sophia. Personne ne l'est. Ni hier ni aujourd'hui. Cependant, tu comprends bien que le champ de tes possibilités est bien plus large dans ta position qu'il ne l'aurait été à l'époque, n'est-ce pas ?

Le cœur de Sophia se serra. Elle savait qu'il avait raison. Elle pouvait, avec le recul, admettre qu'elle avait été naïve et qu'elle se montrait ingrate, dans une certaine mesure. N'avait-elle pas bénéficié de la meilleure éducation qui soit ? Ne lui avait-on pas offert des occasions exceptionnelles, la possibilité de prendre en charge des associations caritatives dans lesquelles elle croyait sincèrement, et qui soutenait les enfants qui n'avaient pas eu la même chance qu'elle ?

Certes, en tant que princesse, elle n'aurait jamais de véritable profession, mais cela signifiait qu'elle n'avait pas besoin de travailler pour survivre, pas besoin de choisir entre ses ambitions secrètes et un métier alimentaire indispensable, dans une autre vie, pour payer ses factures.

Malgré tout, comment accepter d'épouser un homme que son demi-frère choisirait pour elle ? L'idée d'épouser, de toucher un homme qui ne serait pas Luca lui brisait le cœur. Il n'y avait que lui. Lui, et ses yeux durs comme l'onyx, sa bouche incurvée sur une moue de dédain, ses mains puissantes et trop calleuses pour être celles d'un roi. Il n'y avait que lui qui pouvait attiser en elle le gouffre du désir insatisfait. Seulement lui.

— J'organiserai un bal, continuait Luca d'un ton déterminé. Et j'y inviterai les hommes que j'aurai personnellement sélectionnés pour toi.

— On dirait que tu parles d'un assortiment de chocolats.

— Si tu préfères les considérer comme du chocolat, tu en as parfaitement le droit, rétorqua-t-il.

La retenue à laquelle elle s'était désespérément raccrochée depuis qu'elle était entrée dans la salle du trône s'effondra brusquement.

— Et d'abord, comment sais-tu que j'aime les hommes, Luca ? Tu ne me l'as jamais demandé.

Luca resta de marbre, mais une étincelle de surprise brilla au fond de ses yeux sombres.

— Si ce n'est pas le cas, je te suggère de me le dire maintenant.

Son sursaut d'insolence s'éteignit aussi vite qu'il était venu.

— Non, répondit-elle, piteuse. Je n'ai rien contre les hommes.

Elle soupira.

— J'irai au bal, conclut-elle.

Il ne servait à rien de lutter contre les ordres de Luca plus longtemps. Et pour ce qui était de la suite des événements... Elle comptait bien avoir son mot à dire.

Cette conversation l'avait laissée chancelante, sonnée, à fleur de peau, or elle ne pouvait pas continuer de se disputer avec lui. Il voulait la marier à un autre homme. Il voulait qu'elle devienne le problème d'un autre.

Et il était parfaitement satisfait de cette situation. Il n'avait jamais rien ressenti pour elle.

C'est ton demi-frère, Sophia. Même s'il t'avait désirée, il n'aurait jamais pu t'avoir. La tradition est sacrée.

Elle inspira profondément.

— Quand as-tu prévu cette merveilleuse soirée ?

— Dans une quinzaine de jours.

Elle cilla.

— Oh. Je ne suis pas sûre que ma mère revenue de France d'ici là.

— Elle sera là. Je l'ai déjà contactée.

C'était le coup de grâce. Elle parlait de tout à sa mère... De tout, sauf de la teneur de ses sentiments pour son demi-frère. Elle n'arrivait pas à croire que sa mère lui ait caché les projets de Luca.

Comme s'il avait lu dans ses pensées, il reprit :

— Je lui ai demandé de ne rien te dire.

Elle serra les dents.

— Parfait. J'en prends note.

— Ne fais pas l'indignée, *sorellina*. C'est une expression bien peu convenable pour une princesse.

— On sait tous les deux que je n'ai jamais été une princesse très convenable. Je ne vais pas commencer maintenant.

— Tu devrais, cela nous faciliterait les choses.

Il la toisa de haut en bas.

— Il faudrait que nous te trouvions un nouveau styliste, fit-il.

— J'ai le même que ma mère, lui rétorqua-t-elle.

— Eh bien, il ne te fait pas autant justice qu'à elle, assena-t-il froidement.

Et sur ces mots, il la congédia avec un geste vague de la main. Elle lui obéit machinalement, et ses pas la menèrent hors de l'appartement royal. Dans le silence du hall, elle crispa les doigts sur son cœur, le souffle court, submergée par une douleur sourde.

L'homme qu'elle aimait allait la vendre au plus offrant. L'homme qu'elle aimait allait choisir ses prétendants et les inviter ici, chez lui, dans deux semaines.

L'homme qu'elle aimait était son demi-frère – et son roi.

Pour comble de malheur, elle ignorait depuis toujours comment faire taire la passion qu'elle avait pour lui.

2.

— Qu'est-ce que c'est ?

Luca entendait parfaitement le mépris dans la voix de Sophia, mais peu lui importait.

— C'est la liste de tes prétendants. Je suis convaincu qu'inviter plus de cinq hommes serait faire preuve d'une prodigalité ridicule. Et puis, tu n'aurais pas le temps de danser avec un nombre infini de candidats. Je te suggère donc de jeter un œil à ma sélection et de choisir les heureux élus.

Elle baissa les yeux sur la pile de dossiers qu'il venait de déposer sur le bureau.

— Ce sont… des…

Elle avait levé le regard vers lui, ses yeux bleus brûlant de fureur.

— Ce sont des dossiers. Sur ces hommes. Avec leurs profils et leurs photos ?

— Évidemment. Comment veux-tu savoir si vous serez compatibles ?

— En les rencontrant, peut-être ? En allant dîner avec eux ?

Elle croisa les bras, sans remarquer que son geste soulignait sa poitrine généreuse dans le décolleté en V de son haut informe. Il était grand temps de changer son styliste. Malgré sa tenue, elle représentait, comme toujours, une tentation à laquelle il avait du mal à résister. Mais ce serait bientôt terminé. Bientôt, son sens du devoir serait apaisé : sa demi-sœur serait mariée, et hors de portée pour toujours.

Il avait passé des années à fréquenter d'autres femmes pour assouvir un désir qu'il ne pouvait combattre. Sophia n'aurait jamais à subir les retombées de ses vices.

Chaque fois qu'il avait dû passer trop de temps en sa compagnie, il avait eu besoin de l'exorciser, d'une certaine façon. De poursuivre une sylphide aux cheveux blonds, de se marteler qu'il était attiré par d'autres femmes, des femmes complètement différentes de Sophia.

Et puis, quand la situation lui échappait réellement, il cessait de se mentir à lui-même pour jeter son dévolu sur des brunes pulpeuses, auprès desquelles il pouvait faire jouer ses fantasmes. Ses aventures se soldaient toujours par une période d'autoflagellation aussi satisfaisante que malsaine.

Mais aujourd'hui, le contexte était différent. Depuis une semaine, Sophia et lui partageaient le même espace, trop souvent, comme à la mort de son père. Aucune autre femme ne ferait l'affaire. Il ne pouvait désirer personne d'autre, penser à personne d'autre, quand elle se trouvait si proche de lui.

C'était inacceptable, comme tout ce qui concernait Sophia.

— Tu n'auras pas le temps d'aller dîner, riposta-t-il. Tu es une princesse. Tu fais partie de la famille royale. Il n'est pas question pour toi de te créer un profil sur un site de rencontres afin d'enchaîner les rendez-vous.

— Pourquoi pas ? fit-elle d'un ton de défi. Peut-être que je ne désire rien d'autre qu'un adorable informaticien qui me ferait chavirer par quelques échanges en ligne.

Il soupira, agacé.

— Ce n'est pas drôle, Sophia. Comme je le disais, tu fais partie de cette famille !

Peut-être que s'il le répétait comme un leitmotiv, son corps finirait par le croire, lui aussi.

— Tu as un rôle à tenir, et tes standards maritaux se doivent d'être aussi élevés que les miens, conclut-il.

— Pourquoi ne cherches-tu pas de femme, dans ce cas ?

— C'est prévu, je le ferai en temps voulu. Mais mon père aurait voulu que je veille à ton union et à ta sécurité en priorité.

Il se marierait, lui aussi, puisque tel était son devoir. Mais ce ne serait pas un choix passionnel, et certainement pas une alliance d'amour. La loyauté qu'il devait à sa nation était son seul moteur. Il préserverait la réputation de la couronne, sans même songer à son propre bonheur.

Il choisirait une épouse appropriée.

Sophia était loin de l'être.

— D'accord, mais c'est important que tu aies un héritier, non ? fit-elle en arquant un sourcil.

— Certes, mais je suis un homme. Je ne suis pas tenu par les mêmes limitations physiologiques que le genre féminin.

— Bien sûr, railla-t-elle. Parce que les hommes peuvent faire des enfants jusqu'à la fin de leurs jours.

— Peut-être pas sans l'aide d'une pilule, mais c'est parfaitement possible, oui.

Pendant une seconde, elle se contenta de le regarder fixement, les joues légèrement rosies. Puis une moue incurva sa bouche.

— Je trouve cette conversation parfaitement déplaisante.

— Tu t'inquiétais de mes futurs héritiers. Je me contente de te répondre.

Elle fronça les sourcils, visiblement contrariée d'avoir perdu leur duel verbal.

— Bien, regardons tes dossiers, alors.

Elle avait levé son nez élégant d'un air insolent, et lui lança un coup d'œil en coin, avec sur le visage un masque de noblesse qui déguisait mal son expressivité habituelle.

À moins qu'elle ne le méprisât réellement ?

— Erik Nilsson. Noblesse suédoise ?

— Oui, répondit-il. Il est extrêmement riche.

— Comment ?

— Oh ! l'argent familial, en majorité. Quoiqu'une partie vienne de leurs moutons.

— Leur… argent vient de leurs moutons ? répéta Sophia. C'est intéressant. Et je ne manquerai jamais de pulls.

— Exactement.

Un éclair de jalousie vicieuse perça ses entrailles. Quel idiot il faisait ; envier un membre de la petite noblesse, coincé dans un village arriéré et dont la fortune était irrémédiablement liée à son bétail. Luca ne s'était pas attendu à ce que Sophia lui accorde un coup d'œil.

— Donc il aurait une bonne réserve de laine, dit-elle en souriant. Et… Il est très beau. Si on aime les grands blonds.

— Aimes-tu les grands blonds ?

— Beaucoup, s'exclama-t-elle d'une voix déterminée. Allez ! Il est en lice.

Elle posa son dossier à l'écart.

— Qui est le prochain sur la liste ?

— Le voilà. Ilya Kuznetsoy.

Elle attrapa la chemise souple qu'il lui tendait.

— Russe ? dit-elle en haussant un sourcil.

Il arqua le sien en retenant un sourire.

— Très.

— Est-ce qu'il a fait fortune dans la vodka et le caviar ?

— Je ne voudrais pas te décevoir, mais il est dans la technologie. Finalement, tu vas peut-être pouvoir épouser l'informaticien de tes rêves.

— Je ne rêve de personne, murmura-t-elle en suivant le contour en papier de ses doigts délicats.

Il pouvait presque les sentir caresser sa peau. S'il avait été superstitieux, il aurait juré qu'il avait été maudit ou ensorcelé.

— Je ne fais pas confiance aux ordinateurs, continua-t-elle en posant le dossier sur la pile opposée. Je préfère les moutons.

Oh ! Elle était si exaspérante. Si… déroutante.

— Une opinion originale. Voilà le troisième.

Elle élimina les deux suivants, un magnat italien et un ponte grec, pour des raisons fantaisistes qu'elle exposait avec un sérieux délicieusement moqueur. Elle rejeta un joueur de polo argentin, lui aussi de lignée noble, parce qu'une rapide recherche Google le décrivait comme un coureur invétéré.

— Tu n'es pas beaucoup mieux, ajouta-t-elle doucement.

— Heureusement que je ne suis pas sur la liste des prétendants, dans ce cas.

Quelque chose passa dans ses yeux, un éclair de surprise peut-être, et elle sembla accuser le coup, bouche bée. Ses pommettes s'empourprèrent soudain – de colère, de révolte.

— Je ne t'aurais même pas *envisagé*.

— Évidemment, tu es ma sœur.

— Ta *demi-sœur*, fit-elle en le regardant entre ses cils.

Il se raidit pendant une seconde, avant de reprendre le contrôle. L'instant s'étira, infini, rythmé par le bruit de son cœur angoissé. Les entrailles brûlantes, il ne voyait que ces yeux qui le transperçaient sans pitié, comme si elle lisait en lui. Chaque pensée scabreuse, chaque noirceur silencieuse. Mais non – c'était impossible. Si elle avait su, elle aurait pris la fuite sur-le-champ.

— Légalement, et sur le testament de mon père, tu es ma sœur, dit-il enfin. Voyons le suivant.

Elle passa les dossiers en revue jusqu'à ce qu'elle en ait sélectionné cinq, mais elle maintint que le Suédois était son favori. Luca avait remarqué qu'elle avait opté pour des hommes aux complexions pâles, à l'opposé de ses propres traits sombres.

Il aurait dû s'en réjouir.

Il ne s'en réjouissait pas.

— Je ferai envoyer leurs invitations au plus tôt, dit-il. Et tu devras réserver plusieurs danses pour chaque prétendant.

— Réserver… des danses ? s'étonna-t-elle. Comme

dans un roman de Jane Austen ? Dois-je aussi apporter mon carnet de bal pour ne pas perdre le fil ?

— Ne sois pas ridicule. Tu peux noter cela sur ton portable, de nos jours.

Un petit rire lui échappa.

— Mais c'est ridicule. *Tu* es ridicule.

— Peut-être. Si tu as une autre idée pour réunir les nobles les plus convoités du monde, je suis tout ouïe.

— Et si je n'en aime aucun, que se passera-t-il ?

— Tu semblais très excitée par les pulls.

— Que se passera-t-il ? répéta-t-elle.

— Je suis sûr que nous trouverons une solution.

— Je suis sérieuse.

Ses yeux bleus étincelaient lorsqu'elle les leva vers lui.

— Je ne veux pas épouser un homme que je n'apprécie pas, parce que tu dois respecter l'échéance que te dicte un testament.

— Nous chercherons un autre candidat.

— Non. Je te promets d'être juste et d'offrir à chacun une vraie chance. Mais si cela ne fonctionne pas, je veux que tu me donnes six mois pour faire mon propre choix. À l'issue de ce délai, et si je ne trouve personne qui nous convienne à tous les deux, alors je te laisserai me trouver un mari.

— Ce n'est pas ce que j'avais prévu.

Six mois de plus avec elle, cela risquait de le tuer.

— Je m'en fiche, rétorqua Sophia. Nous ne sommes pas au Moyen Âge. Tu ne peux pas me forcer à faire quoi que ce soit, et tu le sais.

— Très bien, très bien, marché conclu. Mais tu dois promettre de faire un véritable effort. Je ne veux pas perdre mon temps, ni mon argent.

— D'accord, mais je ne vais pas épouser un homme simplement pour te faire plaisir, Luca. Je veux l'apprécier, au moins. Je veux pouvoir lui parler. Je veux qu'il me fasse rire.

Luca retint son souffle. Allait-elle parler de passion ? D'un homme qui la ferait brûler de désir ?

Non. Elle s'était tue. Elle n'avait pas mentionné que son mari devrait la faire jouir.

Luca n'aurait pas dû penser à des choses pareilles, ni se demander pourquoi l'attraction ne faisait pas partie de ses exigences.

Comme il aurait voulu se charger de lui ouvrir les yeux… Ne comprenait-elle pas que le désir physique était *important* ?

Et dire que si elle ne le savait pas encore, ce serait une espèce de berger suédois qui le lui apprendrait !

Luca serra les dents.

— Et avoir envie de lui, *sorellina* ?

Avait-il vraiment posé la question à voix haute ?

— Envie de lui ? répéta-t-elle en inclinant la tête de côté.

— Oui, fit-t-il sèchement. Avoir envie de ses mains sur ton corps. De sa bouche sur la tienne. Avoir envie qu'il te fasse l'amour. Cela ne compte pas pour toi ?

Inconsciemment, il avait avancé à chaque provocation, pas à pas, et il était maintenant si proche qu'il pouvait sentir son parfum. Cette senteur délicate d'agrumes, pure et claire au milieu des essences florales et capiteuses que les femmes de leur caste préféraient. Une fraîcheur qu'il reconnaissait toujours – toujours Sophia, lumineuse parmi les autres.

— Je… Je…

Les joues écarlates, elle se leva brutalement, en se heurtant à lui au passage, avant de reculer précipitamment.

— Je n'ai désiré qu'un seul homme, lança-t-elle d'une voix étranglée. Et je n'ai pas l'intention de revivre pareille faiblesse. Quoi qu'il en soit, je ne veux pas en parler, et surtout pas avec toi.

Puis elle tourna les talons et s'enfuit à grands pas.

3.

Depuis qu'elle s'était ridiculisée devant Luca, quelques jours plus tôt, Sophia avait fait son possible pour l'éviter. Ce n'était pas très difficile : Luca devait s'occuper des affaires de l'État. Chaque fois qu'elle devinait des pas brusques et impérieux sur le sol en marbre du palais, son cœur ratait un battement et restait en suspens, docile, patient, prêt à s'incliner devant son roi.

Elle ne voulait pas que Luca règne sur son cœur. Il avait assez de San Gennaro pour exercer son pouvoir. Mais son cœur ne l'écoutait pas et battait pour Luca, et s'arrêtait pour Luca, et trébuchait pour Luca.

Elle avait l'impression de suivre une course d'obstacles chaque fois qu'il lui fallait traverser le palais. Elle aurait aimé l'éviter pour toujours, et elle aurait aimé le croiser sans arrêt. Stupide. Il n'était même pas aimable avec elle ; il ne l'avait jamais été. Et pourtant, il la captivait jusqu'à l'obsession.

Malheureusement, elle ne pourrait pas fuir ses yeux sombres aujourd'hui : il allait lui présenter sa nouvelle styliste, engagée pour l'aider à se préparer pour le bal.

Le bal pendant lequel elle devrait choisir son futur époux.

Luca et ses dossiers l'avaient révoltée. Elle avait choisi des hommes diamétralement opposés à lui, pour le punir, et peut-être pour se punir elle-même.

Elle doutait d'en arriver à épouser l'un d'entre eux,

mais au moins elle n'aurait pas à fréquenter une pâle copie de son demi-frère. Elle ne voulait pas d'un homme grand, beau, ténébreux, doué de cette autorité naturelle que Luca exsudait si bien. Elle ne voulait pas d'un prix de consolation. C'était bien trop tragique, même pour elle.

Tragique. C'était le comble, songeait-elle en traversant les couloirs labyrinthiques, sur le chemin du petit salon où on l'avait convoquée. Elle était née du peuple, et elle était devenue princesse. Elle avait été éduquée comme telle. Adoptée par un roi. Un homme qui les avait aimées, elle et sa mère. Qui leur avait offert une vie de luxe et de rêve sur un plateau d'argent.

Mais il y avait *Luca*. Toujours Luca.

C'était comme si son cœur ne l'autorisait pas à être heureuse. Comme s'il ne voulait s'offrir qu'à Luca.

Elle était perdue dans une vie de richesse et de confort, et condamnée à aimer avec ferveur le seul homme qu'elle ne pourrait jamais avoir.

Elle n'avait même pas la consolation de pouvoir haïr le destin, car leur lien familial n'était pas son seul obstacle ; après tout, Luca ne l'appréciait pas. Pire, il pouvait à peine supporter sa présence. Il la trouvait stupide, il le lui avait clairement fait comprendre quelques jours plus tôt. Ils vivaient dans deux mondes diamétralement opposés : il n'avait même pas compris pourquoi choisir son hypothétique futur époux dans une pile de dossiers anonymes l'avait choquée.

Quoique l'expérience ne fût sans doute pas très différente des sites de rencontre.

Non, non. Rien de tout cela n'était rationnel ou acceptable.

Rencontrerait-elle jamais quelqu'un qui l'apprécierait pour elle-même ? Ces inconnus n'auraient jamais accepté cette mascarade, si elle n'avait pas été princesse. C'était aussi pour son seul statut que son père biologique avait repris contact avec elle : après avoir reconnu sa mère dans les médias, au bras du roi Magnus.

Au moins, le roi les avait aimées, sa mère et elle…

Mais Luca ? Luca n'aimait rien, chez elle. Et cela depuis leur première rencontre.

L'angoisse montait lentement en elle. Son tourment était multiple : si elle voyait Luca trop longtemps, elle en restait troublée durant des heures ; si elle ne le voyait pas assez, elle ne pensait qu'à le retrouver.

Elle se montrait idiote et insensée… Et son corps était pire encore.

Prenant une profonde inspiration, elle tâcha de se calmer. Puis elle ouvrit la porte.

Et le souffle lui manqua instantanément. Elle connaissait son visage par cœur, elle avait suivi des yeux sa silhouette haute et puissante des centaines de fois, mais l'émotion était toujours aussi violente, aussi hypnotique. Il posa sur elle ses beaux yeux sombres, si scrutateurs qu'elle craignait parfois qu'il puisse lire en elle… Mais non. Dieu merci, c'était impossible. S'il avait su ce qu'elle ressentait pour lui, il aurait été révolté par sa seule présence.

Absorbée par la contemplation de Luca, elle mit quelques instants avant de remarquer l'inconnue. Sa nouvelle styliste, sûrement.

— Vous devez être la princesse Sophia. Je m'appelle Elizabeth.

— Enchantée.

Peut-être devrait-elle faire la révérence ? Elle attrapa le revers de sa robe et s'inclina légèrement. Lorsqu'elle releva les yeux, elle aperçut un éclair de désapprobation passer sur le beau visage de Luca. Si elle s'était agenouillée devant lui pour le proclamer roi de l'univers, il aurait encore eu quelque chose à redire – il était impossible.

— Ma sœur a besoin d'une tenue convenable pour une soirée, déclara Luca. Je veux qu'elle apparaisse sous son meilleur jour.

— Oh ! Ce n'est pas un problème. Il faut simplement concevoir une nouvelle aura pour Sophia. Les couleurs qu'elle porte sont bien trop ternes. Et d'après les photographies que j'ai étudiées dans la presse, la palette de couleurs choisie pour elle ne lui convient pas. J'ai déjà des idées.

Sophia avait soudain l'impression d'être prise dans les filets d'une araignée affamée.

— Laissez-moi faire, continua Elizabeth en faisant signe à Luca de les laisser.

— Je veux valider la sélection avant le choix final, protesta-t-il, visiblement piqué d'être congédié dans son propre palais.

— Vous allez adorer, rétorqua la styliste d'un ton sans appel. Je reviens vers vous au plus vite.

Et le reste de l'après-midi s'évapora dans un tourbillon de coiffures, d'épilation et de masques en tous genres. Sophia aurait parié que son corps entier avait été exfolié. Ses cheveux lui plaisaient tout particulièrement. Laissés au naturel, ils retombaient en ondulations douces autour de son visage ; d'habitude, ils étaient raidis par un brushing féroce qui ne tenait jamais plus de quelques heures et perdait toute forme si elle avait le malheur de transpirer. Bien sûr, transpirer est un péché capital pour une princesse, mais elle n'avait pas encore trouvé la formule magique pour y échapper.

Vint ensuite le choix de sa tenue. Oubliés, les bleu marine, noir et vert foncé que le styliste de sa mère lui avait toujours imposés. Elizabeth lui proposa une robe bustier d'un fuchsia éclatant, doté d'un décolleté en forme de cœur qui soulignait sa poitrine avec audace. L'étoffe souple cascadait sur sa taille et ses hanches sans l'élargir ou cacher sa silhouette, comme le faisaient les corsages informes et enfermés qu'elle avait portés jusque-là.

Soudain, devant le miroir, Sophia se trouvait… pulpeuse et féminine. Attirante.

Elle n'avait pas l'habitude d'en dévoiler autant, mais elle devait bien admettre que cette coupe la mettait particulièrement en valeur. Son rouge à lèvres allait avec sa robe, ses yeux n'étaient maquillés que d'un élégant trait d'eye-liner ; sur ses pommettes, un fard rose, bien plus vif que ce qu'elle portait normalement, donnait à son visage une fraîcheur étonnamment sophistiquée. Pour la première fois, elle avait l'air à sa place. Non plus une petite fille réticente qu'on avait voulu en vain faire entrer dans un moule inadapté, mais une véritable princesse, épanouie et assurée.

— Il vous trouvera très belle, déclara résolument Elizabeth.

— Luca ? C'est mon demi-frère. Il n'a pas besoin de me trouver très belle.

Cette seule idée la faisait rougir. Elle était incorrigible. Voilà qu'elle espérait en secret qu'il la trouve séduisante et la désire. Elle réprima une grimace d'humiliation.

— Je sais, mais cela ne vous dérangerait pas, je me trompe ?

Cette femme était bien trop perspicace.

— Je… Il… ne peut pas, balbutia Sophia.

— Je ne parle pas de ce qu'il peut faire, juste de ce que vous ressentez.

Sous les yeux perçants de sa styliste, elle se sentait analysée, disséquée, mais son malaise s'évanouit lorsque la porte s'ouvrit brutalement. Luca était revenu. Elizabeth avait dû lui envoyer un message pour le prévenir qu'elle était prête. Mais… elle n'était pas prête. Pas prête à affronter son jugement aussi vite, et surtout pas devant une femme qui semblait avoir deviné son trouble.

L'assurance qu'elle avait ressentie en voyant son reflet s'envola aussitôt, et un frisson courut sur son échine. Luca s'était arrêté net sur le seuil. Son regard ténébreux glissait lentement sur elle, aussi tangible qu'une caresse, et fit naître sur sa peau une chaleur irrésistible.

— Cela fera l'affaire, lâcha-t-il, le visage fermé.

La gorge nouée, le cœur vibrant de ferveur, elle détourna

les yeux. Comment pouvait-elle être aussi bouleversée par un simple regard ? Luca n'avait pas l'air impressionné ; ni surpris, ni charmé par une transformation qu'elle-même avait trouvée radicale.

— Je suis heureuse que tu valides cette tenue, malgré les doutes que tu affiches. Il n'y a plus qu'à espérer que notre Suédois préféré sera légèrement plus enthousiaste.

— J'ai donné mon accord. Que veux-tu de plus, *sorellina* ?

— J'ai passé la journée à me faire triturer et métamorphoser pour répondre à tes exigences. J'aurais simplement aimé une vraie marque d'approbation. On dirait que tu viens confirmer le choix d'un papier peint. Enfin, cela n'a pas d'importance, Luca. J'ai conscience que tes standards de beauté sont inatteignables pour une femme comme moi.

Elle souleva le revers de sa jupe et poussa Luca d'un geste vif pour sortir de la pièce. Dans le couloir, elle accéléra le pas, les poumons en feu. Le bruit de ses talons résonnait froidement sur le sol de marbre ; distraite par leur écho, elle n'entendit pas ses pas derrière elle. Brusquement, sa main large et chaude se referma sur son bras et la força à faire volte-face. Elle rencontra les yeux noirs et impérieux de Luca avec une exclamation de surprise.

— Qu'attends-tu de moi ? murmura-t-il d'une voix glaciale, vibrante d'une intensité qu'il n'avait jamais laissé transparaître. Que veux-tu, exactement ? Quelle réaction t'aurait donc satisfaite ? En l'absence du seul homme que tu aies jamais désiré, que suis-je censé te donner ? Dois-je te dire que tu es belle ? Que ton corps est hypnotique ? Que tous les hommes de la pièce s'imagineront te prendre dans leurs bras, presser ta poitrine contre la leur, embrasser tes lèvres ? Te faire l'amour ? Dis-moi, c'est ce que tu veux entendre ? Je peux te faire de beaux discours, Sophia, mais ils ne serviraient à rien.

Je pourrais te dire qu'un homme qui ne voudrait pas de toi est un fou et un idiot, mais pourquoi faire ? Ces mots ne signifient rien. Ils ne peuvent rien signifier, pas entre nous. Jamais entre nous.

— Luca…

— Non, tais-toi.

Il se redressa de toute sa hauteur, le visage fermé, les épaules rigides.

— Ce sera tout, Sophia. Tu porteras cette robe au bal. Et tu trouveras un mari. Je m'en assurerai personnellement.

Il tourna brutalement les talons et l'abandonna sans un regard. Agitée de tremblements incontrôlés, elle attendit de le voir disparaître à l'autre bout du couloir avant de se laisser glisser contre le mur, la gorge nouée, incapable de comprendre les mots qu'elle venait d'entendre.

Il avait dit qu'ils ne signifiaient rien, qu'ils ne pourraient jamais rien signifier.

Elle se le répéta tout bas en ravalant ses larmes.

4.

Il s'était comporté comme un imbécile. Il avait… laissé glisser son masque. Il avait permis à Sophia de voir son vrai visage, derrière le mur de pierre qu'il avait minutieusement érigé entre lui et le monde extérieur.

D'ordinaire, Luca ne s'abandonnait jamais ainsi et il ne pouvait supporter que Sophia soit parvenue à le faire sortir de ses gonds.

La couronne régissait sa vie entière. Sa mère lui avait inculqué le sens du devoir avant de mourir, avec froideur et sévérité. Elle lui avait répété qu'il était né pour servir San Gennaro. Le rôle passait bien avant l'individu.

Et il s'était construit avec cette conviction. Mais Sophia était si…

Dieu merci, il était temps. Les invités étaient tous arrivés pour le bal. Sophia devait apparaître un peu plus tard, afin d'attirer l'attention de l'assemblée.

Ses pensées n'avaient gravité qu'autour d'elle, ces derniers jours. Malheureusement, sa récente transformation avait confirmé ce qu'il avait toujours su : la styliste avait réussi à dévoiler et souligner la féminité camouflée de Sophia. Ses courbes, mises en valeur par les nouvelles étoffes, s'offraient à sa vue comme un fantasme devenu tangible.

Et les autres hommes poseraient sur elle le même regard. Les autres hommes voudraient danser avec elle.

Un autre homme allait l'épouser. Partager son lit.

C'était *sa* décision. Son salut. Il n'avait pas le droit de le regretter. Il tournait comme un lion en cage, agacé, frustré par sa propre faiblesse. Bien sûr, s'il avait été réellement un fauve, il l'aurait simplement… dévorée. Mais il n'était que roi.

Et il ne pouvait pas la toucher. Il ne la toucherait *pas*.

Il honorerait la mémoire de son père et la protégerait, elle, en la mariant à un homme qui saurait lui offrir la stabilité qui convenait à son rang.

Même si leur relation avait été différente, il n'aurait pas pu convenir à Sophia. Dans une autre vie, ou des années auparavant, peut-être… Mais cette chance s'était évaporée depuis longtemps. Il avait failli se perdre. Pour se reconstruire, il avait dû accepter d'expier les péchés du passé. Des péchés qui n'étaient pas les siens, certes – mais cela n'avait pas d'importance. Il devait vivre avec leurs conséquences.

Il devait régner avec sagesse sur le pays qu'on lui avait confié, et il en avait bien l'intention.

Heureusement, le bal commençait déjà. Cet interminable cauchemar toucherait bientôt à sa fin.

Elle choisirait un des hommes venus pour elle ce soir. Il s'en assurerait.

Il s'était placé au fond de la grande pièce et surveillait les nouveaux arrivants. Les femmes portaient leurs plus belles robes, mais aucune n'arriverait à la cheville de Sophia ; et aucune ne saurait lui fournir la distraction dont il avait tant besoin.

— C'est très beau.

Il tourna la tête vers sa belle-mère. Elle avait voyagé avec des amis pendant des mois, sans doute pour faire son deuil dans l'intimité et l'anonymat. Elle était tout juste de retour et vivait dans une maison sur leur grand domaine.

Elle préférait ne plus vivre au palais.

Elle avait perdu beaucoup de poids depuis la mort

de son père, malgré une silhouette déjà frêle. Elle était toujours aussi élégante, mais sa tristesse était palpable. Elle avait vraiment aimé son père. Luca n'en avait jamais douté. Il ne l'avait pas soupçonnée d'avoir voulu séduire un roi pour améliorer sa condition, pas une seconde. Leur amour avait été vrai et sincère.

Luca savait qu'il n'aurait jamais cette chance.

— Merci.

— Tout cela, pour Sophia ?

— Oui. Mon père voulait qu'elle trouve un bon mari, et je fais mon possible pour exaucer son souhait.

— Oui, dit-elle en hochant la tête. Mais que souhaite Sophia ?

— Elle a accepté ma décision. Elle a promis de faire un effort avec les invités de ce soir. S'ils ne lui conviennent pas, elle aura six mois pour choisir un autre candidat. Mais je suis certain que les hommes que nous avons réunis ici seront parfaitement éligibles.

— Je vois.

— Tu n'approuves pas le projet, fit-il.

— Je me suis mariée avec ton père parce que je l'aimais. En l'épousant, j'ai eu la chance d'avoir accès à un confort pécuniaire incroyable, lequel m'a permis d'offrir à ma fille une liberté qu'elle n'aurait jamais eue si nous étions restées pauvres. Je suis triste de voir cette liberté mise à mal.

— Ce n'est pas le cas. Nous respectons simplement les exigences de notre rang. Je l'ai déjà expliqué à Sophia.

— Oui, Luca, je n'en doute pas. Tu ressembles beaucoup à ton père sur ce point. Persuadé que ton point de vue est nécessairement le bon.

— Et c'est le cas. Cette mesure est indispensable pour une princesse. Fais-moi confiance. Je sais ce que je fais.

— Tu as l'air d'oublier que je suis reine depuis bien des années. Je ne suis pas née de la dernière pluie.

— Peut-être pas. Mais je suis né dans cet univers. Un

mariage en dehors de notre rang est une chose bien rare. Je sais qu'il vous en a coûté, à toi et à Sophia, avant de vous habituer à cette vie ; je sais que Sophia en souffre toujours. Si elle aussi contractait un mariage en deçà de ce que son statut exige, ne crois-tu pas que la situation serait encore plus difficile ?

— Je comprends ton argument.

— Je l'espère. Ni ce bal, ni ce mariage ne sont organisés pour des motifs personnels.

Mais ils le sauveraient des tentations qu'il préférait taire.

Soudain, les doubles portes de la salle de bal s'ouvrirent, et tous les regards se tournèrent vers l'entrée. Elle était là, une vision éclatante dans sa robe fuchsia, ses cheveux sombres cascadant sur ses épaules. Elle était plus belle encore que dans son souvenir. Brillante, dorée, sous les lumières des chandeliers.

— Oh ! mon Dieu..., souffla sa mère.

— Nous avons engagé une nouvelle styliste, dit-il avec raideur.

Sophia descendait lentement le grand escalier, et son premier prétendant lui offrit son bras lorsqu'elle atteignit la dernière marche.

Le Suédois.

Sophia serait sans doute déçue qu'il ne soit pas venu avec un mouton en laisse. Ou un gros pull tricoté.

— Tu n'approuves pas ce candidat ? demanda la reine.

— Bien sûr que si. J'approuve tous les hommes conviés ici ce soir pour Sophia.

— Dans ce cas, tu vas devoir faire l'effort de ne pas le démembrer du regard.

— Je veux juste la protéger, dit-il en luttant pour paraître détendu.

— Si tu le dis.

Le dos raide, il serrait les dents. Sa belle-mère ne pouvait pas voir clair en lui. Il faisait toujours preuve d'une retenue exemplaire… Quoique Sophia ait tendance à la mettre à mal.

Il devait simplement se convaincre que le sentiment qui rugissait en lui n'était qu'une vague de soulagement – alors même que l'inconnu entraînait Sophia sur la piste de danse.

La main du Suédois s'était posée dangereusement bas sur sa taille, juste à la courbe de sa hanche, à deux doigts de ses reins, à quelques centimètres de ses fesses. Inacceptable. Absolument inacceptable.

Mais il ne s'arrêtera pas là, s'il l'épouse. Il touchera son corps tout entier. Il pourra goûter chaque parcelle de sa peau.

Luca déglutit silencieusement. C'était exactement l'objectif. Bientôt, elle appartiendrait à un autre homme et il n'aurait plus le droit de rêver d'elle.

Lorsque la première valse se termina, un autre prétendant de leur liste accosta Sophia, et elle se laissa entraîner.

Luca proposa une danse à une inconnue vêtue d'une robe bleu roi. Il devait s'occuper à tout prix. Il se concentrait sur le corps doux et souple qui bougeait sous ses doigts. Peu importait que ce soit cette femme, ou une autre, n'est-ce pas ? Le sexe reste le sexe. Le corps d'une femme est toujours une source de plaisir. Il ne servait à rien de languir après une seule – Sophia, en rose, de l'autre côté de la pièce. À quoi bon se soupirer pour la femme qui lui était interdite ?

Sa cavalière aurait pu tout aussi bien être un mannequin de plastique ; il ne pouvait détacher ses pensées de Sophia. Pourtant, il lui offrit une seconde danse, tout en sachant pertinemment que cette marque de préférence ferait couler de l'encre. Il ne connaissait même pas son nom et ne le lui demanderait pas. Demain, il ne se souviendrait pas de son visage et ne le reconnaîtrait qu'avec peine dans les magazines.

Soudain, Sophia abandonna son partenaire et s'éclipsa d'un pas vif avec un geste d'excuse.

— Pardonnez-moi, murmura-t-il en relâchant sa cavalière avant de suivre sa demi-sœur.

Sophia traversa la foule et sortit par les grandes portes vitrées. Il la suivit, mais, lorsqu'il déboucha à son tour sur la terrasse, elle avait disparu. Il jeta un coup d'œil par-dessus la balustrade et aperçut son ombre marcher sur la pelouse en contrebas. Elle était presque invisible : les riches lumières du bal ne faisaient que saupoudrer l'herbe d'or. Il passa ses jambes par-dessus le balcon et sauta sur le sol.

Souple et silencieux, il reprit sa route, les pas étouffés par la terre meuble. Pourquoi la suivait-il ? Non – pourquoi avait-elle fui le bal ? Elle n'aurait pas dû quitter la grande salle, et il n'aurait pas dû partir à sa poursuite. Tout cela était ridicule. Oui. Ses réactions étaient toujours ridicules lorsqu'il s'agissait de Sophia.

Et pourtant, il ne pouvait pas lui échapper. C'était le cœur du problème. Il ne pouvait pas être avec elle à cause de leur relation ; et à cause de leur relation, il ne pouvait pas l'éviter. Pas l'oublier. Pas la bannir de sa vie et reprendre le contrôle de lui-même dans la solitude.

Et voilà qu'il la poursuivait dans la nuit sombre.

Roi d'une nation, et désarmé devant une femme.

Elle s'arrêta enfin, les épaules pâles et tremblantes, baignées par la lueur de la lune. Il tendit la main et referma ses doigts sur sa peau nue. Elle sursauta et se tourna vers lui, les yeux brillants dans la pénombre.

— Luca.

Soudain, il savait pourquoi il l'avait suivie. Il savait ce qu'il avait désiré, ce qu'il avait imaginé, il savait exactement pourquoi il était venu jusqu'ici.

— Sophia, murmura-t-il.

Et rompant les promesses qu'il avait si longtemps tenues, il l'attira dans ses bras et captura ses lèvres.

5.

Luca l'embrassait. C'était impossible. Impossible et incroyable. Elle était en train de rêver, n'est-ce pas ?

Luca la détestait.

Luca n'aurait même pas daigné lui adresser la parole s'ils n'avaient pas été liés par le mariage de leurs parents. Il la considérait comme une inférieure et un fardeau.

Il ne voulait pas l'embrasser.

Ou peut-être…

Elle se souvint de son regard intense, quelques jours plus tôt, de sa main sur son bras, lorsqu'il lui avait avoué qu'il ne pouvait parler de sa beauté, que des mots pareils ne pouvaient rien signifier entre eux.

Elle n'avait pas voulu comprendre, à ce moment-là : la scène avait été trop douloureuse, trop intime. L'espoir n'aurait pu se solder que par une humiliation plus cuisante. Imaginer que Luca puisse la désirer comme elle le désirait lui semblait criminel, et si ridicule qu'elle se posait toujours la question alors même qu'il l'étreignait avec ardeur.

Elle n'avait jamais été embrassée ainsi ; n'avait jamais reçu que des baisers polis destinés à mesurer son assentiment.

Luca, égal à lui-même, n'avait pas besoin de le demander ; il le considérait déjà comme acquis. Et si elle avait fait preuve de la moindre incertitude, sa passion l'aurait persuadée sans peine. Elle lui était acquise. Elle n'avait pas la force de lui mentir sur ce point. Pas alors que ses fantasmes les plus fous prenaient vie, ici, dans les jardins du palais et sous le couvert de la nuit.

Luca prit son visage entre ses mains larges et chaudes pour approfondir fiévreusement leur baiser.

Il embrassait comme un empereur, vigoureux et conquérant, comme un homme qui n'avait jamais connu le refus – qui ne l'admettrait pas ce soir.

— Je ne peux pas supporter de te voir danser avec ces autres hommes et de regarder leurs mains sur toi, souffla-t-il d'une voix rauque.

— Tu as dit… que tu voulais me trouver un mari…

Elle aurait voulu parler avec assurance, elle aurait voulu que son timbre tremblant soit autoritaire et sophistiqué. Comme si cette étreinte clandestine n'avait été qu'une aventure parmi tant d'autres, plutôt que le premier baiser sincère et brûlant qu'elle partageait avec un homme.

Il ne devait pas l'apprendre. Il ne devait pas découvrir ce qu'elle ressentait pour lui, ni qu'elle avait rêvé de lui toute sa vie.

Mais elle trahissait sa faiblesse à chaque soupir. Chaque seconde écoulée était un aveu : elle ne l'avait pas giflé, pas insulté, pas arrêté. Il était venu à elle, mais elle avait répondu à son baiser avec la même ferveur. Elle n'avait pas pu résister. Elle s'était laissé emporter, laissée fondre, laissé consumer par lui et par son baiser.

Évidemment. Luca l'emportait toujours inexorablement vers la destruction.

— Je *vais* te trouver un mari, déclara-t-il. Je l'ai juré à mon père.

Il effleura sa lèvre de son pouce.

— Mais je ne peux plus faire semblant… Je te désire.

— Tu… Tu me désires ?

— C'est une véritable maladie, murmura-t-il, les dents serrées. De désirer ma propre *sœur.*

— Je ne suis pas ta sœur. Nous n'avons pas les mêmes parents. Nous n'avons même pas été éduqués ensemble.

— Tu ne comprends pas ? Pour mon père, tu l'étais. Et tu l'es aussi aux yeux de notre nation. Si nous avions une liaison, les conséquences seraient catastrophiques.

— Pourquoi ? souffla-t-elle en fermant les yeux.

— Pense aux gros titres. La presse inventerait des histoires terribles. Que je t'ai pervertie dès le mariage de nos parents, quand tu étais encore enfant. Ou que tu m'as séduit pour assurer ta position au palais. Le pays accepte que tu sois sa princesse, mais lui rappeler si insolemment que tu n'as pas de sang royal serait une erreur. Qui plus est, une aventure entre deux personnes vouées à rester au sein de la même famille… Non, ce serait intolérable.

— Alors pourquoi m'as-tu embrassée ?

— Parce que je ne peux plus m'en empêcher.

Il attrapa ses hanches et la pressa contre lui.

— Tu n'as peut-être désiré qu'un seul homme avant moi, Sophia, mais je saurai le supplanter, gronda-t-il.

Les battements de son cœur redoublèrent. Elle sentait la pression dure de son désir contre son ventre, l'intensité brûlante de ses doigts sur sa peau nue ; il y laisserait sans doute son empreinte, mais elle était heureuse à l'idée de garder la marque de Luca.

Il s'était tu, et soudain sa bouche arrogante reprit la sienne. Il la savourait avec autorité, goûtait sa langue. Puis il pencha le visage pour laisser glisser ses dents insolentes sur sa lèvre avant de la mordre avec délectation.

Sophia ne connaissait pas les règles de ce jeu. Elle ne savait pas comment le séduire ; elle ne pouvait combattre son inexpérience qu'à force d'enthousiasme. Elle referma une main sur un pan de sa veste, tira de l'autre sur sa cravate en soie et se redressa sur la pointe des pieds pour lui répondre fiévreusement. Il la fit reculer brutalement, plus loin dans les jardins sombres, jusqu'à un banc de pierre. Il glissa ses grandes mains tièdes le long de ses cuisses et empoigna durement ses hanches pour la soulever contre lui, et, lorsqu'elle referma ses jambes autour de sa taille, s'assit sur le banc en la calant sur ses genoux.

Ses cuisses étaient ouvertes autour de lui. Elle était pressée et frissonnante contre le relief rigide de Luca, cette preuve qu'elle ne rêvait plus. Luca brûlait de la posséder, malgré ses doutes, malgré ses convictions, malgré tout ce qu'elle avait toujours pensé de lui, d'elle-même, et du fossé infranchissable qui les avait séparés si longtemps.

Il avait posé les mains sur ses fesses et l'attira plus ardemment contre son entrejambe. Une onde de choc embrasait ses veines et courait sous sa peau ; elle n'avait jamais ressenti une chose pareille. Jamais affronté une telle intensité. C'était les lèvres assurées de Luca qui dévoraient sa bouche, friction glissante et enivrante ; ses mains brûlantes à travers l'étoffe de sa robe ; l'invitation dure et raide entre ses cuisses. Il était partout, à l'instar d'un vertige. Ce n'était pas seulement ses caresses, mais sa saveur, son parfum, familiers et inconnus tout à la fois.

Elle connaissait Luca, mais seulement à distance. Il avait fait partie de sa vie pendant tant d'années, avait formé le modèle de ses idéaux. Il avait été son premier fantasme. Et pourtant, ces rêves-là pâlissaient devant l'homme réel. Dans ses bras, sous sa bouche, contre son corps…

Tout cela était bien différent des illusions qu'elle avait entretenues en secret ; l'émotion était brutale et bien trop acérée. Elle craignait presque de se briser sous l'assaut de ces sensations impossibles. Ce plaisir-là n'avait rien de commun avec les frissons tièdes qui l'avaient traversée lorsqu'il avait croisé son regard dans un couloir du palais ; avec l'étourdissement timide qui la prenait toujours lorsqu'elle avait l'audace d'imaginer sa bouche sur sa joue ou au coin de ses lèvres. Non. Ce plaisir-là était une souffrance. Une sensation d'avidité pure, au plus profond d'elle-même, un besoin absolu et terrifiant qui lui soufflait qu'elle ne serait jamais entière si Luca ne venait pas la combler.

Luca.

Il lui dévoilait soudain la sauvagerie du désir, dont elle avait deviné les tressaillements, mais que son innocence avait toujours fait taire.

La certitude qu'il ne se passerait jamais rien entre eux l'avait retenue et aveuglée, mais maintenant il la voulait, et elle n'était pas sûre de pouvoir le supporter.

Que se passerait-il lorsque cet instant d'extase toucherait à sa fin et lui échapperait ?

Il avait peut-être avoué sa convoitise, mais il ne ressentait rien pour elle. Il n'avait pas exprimé de tendresse. Non. Il n'y avait que de la colère dans les yeux de Luca. De la colère et du désir. Voilà ce qu'elle avait lu sur son visage lorsqu'il l'avait suivie dans le couloir, quelques jours plus tôt. Une rage brûlante.

Il remonta ses mains jusqu'à sa nuque et plongea ses doigts dans ses cheveux avant de les tirer sans douceur pour dévoiler son cou. Sa bouche trouva la courbe de sa gorge, et elle s'abandonna docilement, comme une proie à la merci d'un prédateur.

Elle ne luttait pas contre l'assaut du plaisir. Elle l'accueillait à bras ouverts. C'était plus qu'un désir, c'était une consécration.

Peut-être que ce moment entre eux était nécessaire. Luca avait façonné les premiers élans de sa féminité ; peut-être devait-il aussi la libérer.

Après tout, ils n'étaient plus au Moyen Âge. Personne, dans cette salle de bal, ne s'attendait à épouser une princesse vierge. Elle ne leur devait rien, et elle ne voulait que Luca.

Juste ce soir. Ce serait suffisant.

Sa langue glissait le long de son cou et jusqu'à la

naissance de ses seins, découverte par l'étoffe satinée de sa robe.

— Mon Dieu, murmura-t-il. J'ai perdu la tête.

Elle aurait aimé rétorquer quelque chose d'impudent, mais sa voix s'était coïncée dans sa gorge. Elle inspira profondément, et sa chair se souleva sous la bouche enivrante de Luca. Il gronda contre son cœur et abaissa soudain son bustier.

Elle n'avait jamais été nue devant un homme, mais elle n'était pas mal à l'aise, même sous les rayons de la lune. Luca. Le seul homme pour qui elle avait voulu se dénuder, celui qui hantait ses nuits. Peut-être aurait-elle dû avoir peur, mais être avec lui faisait toute la différence du monde.

Il murmura une phrase en italien qu'elle ne comprit pas. Elle le parlait couramment, mais elle ne connaissait pas ces mots-là. À l'oreille, ils sonnaient crus et brûlants. La joue rugueuse de Luca frotta contre sa peau sensible, puis il attira un téton douloureux entre ses dents et le suça sans pitié.

Elle s'arqua contre lui avec une exclamation de plaisir. Il prit son sein dans sa paume calleuse. Elle aurait aimé lui demander pourquoi ses mains étaient si rudes, pourquoi son corps était si athlétique – comment un roi pouvait-il être aussi puissant qu'un homme d'action. Mais tous ses mots, toute sa curiosité s'étaient noyés dans la fièvre, et elle ne put que gémir lorsqu'il passa à son autre téton avec un baiser tentateur et profond.

Tout allait trop vite. Elle n'était pas prête à affronter cette exaltation. Elle n'avait même pas réellement embrassé un homme avant lui, et elle était soudain dans les bras de Luca, exhibée jusqu'à la taille, chevauchant son membre dressé. Que pouvait-elle faire ? Comment ne pas perdre ses moyens ?

Soudain, peut-être lorsqu'il se crispa sous elle, pressant

la rigidité de son désir contre le centre palpitant de son intimité, elle se sentit gagnée par une assurance nouvelle.

Elle avait attendu cette étreinte toute sa vie. Peu importait qu'elle manque d'expérience ; peu importaient les conséquences. Seul Luca comptait pour elle.

Ses mains caressaient lentement son buste, puis elles descendirent le long de ses cuisses pour trouver l'ourlet de sa robe. Il remonta l'étoffe jusqu'à ce qu'elle soit offerte à son regard. Un son féroce lui échappa. Affamé. Bestial. Peut-être était-il aussi passionné avec toutes ses amantes ; elle ne voulait pas y songer. Elle voulait croire qu'elle était unique, qu'elle était spéciale à ses yeux ; mais elle ne savait pas comment briller pour lui comme il brillait pour elle.

— Je te veux depuis si longtemps, avoua-t-il d'une voix dure, aussi dure que la caresse de sa barbe naissante contre son cou. Une vraie folie. Je n'ai jamais… jamais réussi à faire taire mon désir pour toi. Tu me faisais l'effet d'une obsession, d'une maladie, d'un poison.

Le tourment vibrait dans la voix de Luca, mais ses paroles faisaient écho à ses propres maux. Cette confession ressemblait à la sienne. Avait-il vraiment souffert en silence, comme elle, pendant toutes ces années ? Dans ce cas, aussi éphémère qu'elle soit, leur union était inévitable.

Sophia se redressa contre lui ; elle le désirait, et elle avait l'intention de le posséder à son tour. Elle mordit sa lèvre inférieure en attrapant la cravate qui emprisonnait toujours le col blanc. Les doigts tremblants, elle défit le nœud et ouvrit le col et le premier bouton. Le second. Le troisième. Elle écarta les pans de tissu pour exposer ses muscles tendus et la peau sombre et brûlante.

Elle avait entendu parler de la luxure ; mais elle ne s'était pas attendue à se sentir chavirer ainsi, à deux doigts de la folie, prête à mourir pour saisir ce qu'elle convoitait à tout prix.

Une fièvre palpitait entre ses cuisses et tremblait dans

ses veines. Elle laissa fondre ses doigts sur la poitrine de Luca, caressa son téton, et sourit de l'entendre gronder de plaisir. Il referma ses bras autour d'elle, puis l'enserra avec ferveur en baissant le visage pour embrasser son sein. Elle n'avait jamais imaginé un bonheur comme celui-ci, magique et douloureux, tout à la fois un supplice et une splendeur.

Dans ce monde-ci, près de la roseraie, loin de la salle de bal, les inquiétudes de leur vie s'étaient évaporées. Un moment de plaisir volé sous le ciel d'étoiles et de velours. Plus loin, dans la salle de bal, leurs responsabilités les attendaient, des hommes la demanderaient en mariage pour gagner une couronne.

Elle était heureuse d'avoir trouvé une félicité éphémère dans les bras de Luca. À l'écart, dans une parenthèse où le mariage de leurs parents n'existait pas, où leurs titres n'avaient pas de sens, où ils pouvaient être simplement Sophia et Luca.

Il continuait de murmurer contre sa peau, des mots brisés et hachés, en italien et en anglais. Des promesses profondes et crues qu'elle ne comprenait pas toujours, par naïveté ou par ignorance, et qu'elle savourait tout de même.

Elle ne l'avait jamais vu si peu maître de lui-même. Il était toujours si digne et si austère ; or à cet instant précis, il semblait avoir perdu le contrôle, et son exaltation lui donnait l'impression d'être puissante. D'être désirable.

Les doigts de Luca s'insinuèrent entre ses cuisses, sous le bord de sa culotte, et l'effleurèrent savamment. Pendant une seconde, une bouffée d'embarras lui brûla les joues – il savait maintenant combien elle le désirait, qu'elle était prête à l'accueillir, qu'elle était offerte à ses caresses. Mais il ne rit pas d'elle : il semblait embrasé par le désir qu'elle avait pour lui. Il embrassa son cou, sa joue, et souffla contre sa bouche :

— Peut-être que, plus tard, je pourrais aller doucement et te savourer comme tu mérites de l'être. Mais pour l'instant… je n'ai pas le temps et je veux que tu sois mienne.

Elle hocha la tête. Elle le voulait aussi, elle n'avait attendu que lui. Il s'écarta légèrement, défit son pantalon, puis l'enferma dans ses bras pour la placer confortablement sur ses cuisses, son membre pressé entre ses jambes.

Et il la prit brusquement, d'un coup de reins sauvage. Un éclair de douleur la transperça, mais Luca ne sembla pas remarquer son sursaut. Il bougeait en elle, vigoureux et abrupt. Elle n'arrivait pas à reprendre son souffle, mais elle ne voulait pas qu'il s'arrête. Envahie et conquise, elle bougeait avec lui et sentit peu à peu la souffrance s'effacer sur les cimes d'un plaisir croissant.

L'extase qui la submergea avait le goût d'une révélation bouleversante, et Sophia leva les yeux vers le ciel étoilé. Une gerbe de feux d'artifice ne l'aurait pas surprise – mais non, la nuit était toujours silencieuse ; l'ivresse était en elle et en lui.

Elle s'agrippa à lui alors qu'elle se laissait emporter par son orgasme, secouée par l'assaut d'un plaisir infini. Pressé contre elle, Luca resserra soudain ses doigts sur ses hanches et jouit sur un dernier coup de reins et un grondement rauque.

Et soudain, tout était terminé. Il n'y avait plus que le son de leurs respirations mêlées, la vibration du cœur de Luca sous sa paume moite. La nuit ne leur semblait plus secrète, ni éternelle.

La réalité reprit ses droits en un instant, lourde comme une chape de plomb. Il faisait soudain trop froid et trop sombre.

Sophia frissonna. Elle était nue dans le jardin, après tout.

Luca s'écarta légèrement pour reboutonner sa chemise.

— Nous devons y retourner, ordonna-t-il d'une voix lointaine.

— Comment ? demanda-t-elle.

Car elle savait qu'il ne parlait pas seulement du bal, mais de leur vie d'avant – avant qu'il ne la touche.

— Peu importe comment. C'est la seule option.

Elle leva les yeux vers lui et l'observa dans la pénombre.

— Je ne sais pas si j'en suis capable.

— Bien sûr que si.

Le ton de Luca était inflexible. Un rayon de lune plongeait son visage entre ombre et lumière, et pendant une seconde il lui sembla fait de granit.

— Tu vas retourner au bal et danser avec le reste de tes prétendants, comme tu me l'as promis. Et tu choisiras ton mari.

— Luca…, dit-elle d'une voix qui ressemblait à une supplique. Je ne peux pas faire ça. Pas après que nous…

— Ce n'est que du sexe, *sorellina*.

Le surnom avait gagné en dureté.

— Tu t'en remettras, ajouta-t-il.

La sentence était tombée comme un couperet, et une vague de panique la prit à la gorge.

— J'étais vierge, espèce d'idiot.

Il se figea enfin. Avec un mouvement de recul, comme si elle l'avait giflé, il baissa les yeux vers elle.

— Tu as dit… Tu as dit que tu avais désiré un homme…

Elle leva les yeux au ciel, les joues brûlantes.

— Et tu penses que je désirais qui, imbécile ?

Un silence assourdissant tomba entre eux.

— Hum. Personnellement, je n'aurais pas choisi ce cadre pour ma première fois, mais tu étais libre de prendre ta décision. Tu aurais pu dire non. Tu ne l'as pas fait.

Il serra les mâchoires et sa voix se fit cruelle :

— À moins que tu n'essaies d'insinuer que tu n'étais pas d'accord ? Que tu ne savais pas ce que tu faisais ?

— Non. Je savais ce que je faisais.

— Alors je ne vois pas ce que ta virginité vient faire dans cette conversation. Ne t'inquiète pas, aucun de tes prétendants ne s'attend à épouser une princesse parfaitement innocente.

— Bien sûr.

— Je retourne au bal. Je suis leur hôte, après tout. Prends le temps qu'il te faudra pour te remettre.

Il avait prononcé cette dernière permission avec une clémence toute seigneuriale, apparemment persuadé de sa propre générosité, et elle manqua de lui rire au nez. *Pitié.*

Il avait tourné les talons avant qu'elle ne puisse répliquer. Elle le regarda s'éloigner, à moitié nue sur le banc de pierre. Elle venait d'offrir sa virginité à son demi-frère. À son roi.

Ses poumons se comprimèrent douloureusement. Elle peinait à reprendre son souffle. Oh… Il lui avait brisé le cœur.

Son fantasme venait de s'évaporer. Cet éclat d'espoir qu'elle avait nourri en secret et qui l'avait réchauffée pendant les nuits de tristesse… Parti en fumée.

Lorsqu'elle irait se coucher ce soir-là, elle n'aurait plus besoin d'imaginer. Elle savait, désormais. Elle savait que les baisers de Luca étaient plus merveilleux encore que dans ses songes. Il l'avait transformée. Il avait été en elle, uni à elle. Cet homme qui avait régné sur ses sentiments pendant la majorité de sa vie. Cet homme qui avait hanté son imagination, le héros irréprochable de ses rêves, le visage qu'elle invoquait avant de s'endormir. *Si seulement. Un jour, peut-être. Juste une seconde.*

Mais la seconde était passée. Et elle ne pouvait plus trouver la paix dans l'impossibilité d'un *si seulement.*

Il ne lui restait rien d'autre que des rêves brisés.

Il avait l'air de penser qu'ils pourraient reprendre leur existence là où ils l'avaient laissée. Mais Sophia savait qu'elle ne serait plus jamais la même.

6.

Sophia l'évitait depuis des semaines. Depuis qu'elle était réapparue dans la salle de bal et avait entrepris de danser avec tous les hommes qu'il avait invités pour elle.

Il avait lu sa colère sur son visage pâle. Puis, petit à petit, un masque de sérénité était tombé sur ses traits. L'émotion bouillonnait toujours sous la surface, il en était persuadé.

Quoi qu'il en soit, Luca n'avait pas essayé de lui parler, et elle se déplaçait dans le palais comme un fantôme.

Il avait échoué. Pour elle, pour lui. Or il ne pouvait pas revenir en arrière ; le mal était fait. Son contrôle, dont il était si fier, lui avait échappé au moment le plus terrible qui soit, et il avait succombé à la tentation qu'il avait toujours désavouée.

Pire : Sophia était *vierge*, avant qu'il perde la raison. Pourtant, elle avait été à l'université, elle avait vécu hors du palais pendant plusieurs années, et elle était si belle… Irrésistible, à ses yeux. Irrésistible dans ses rêves et en réalité – elle avait fait tomber ses défenses, après tout. Et si sa volonté de fer avait failli, alors aucun autre homme…

Elle était restée chaste pendant toutes ces années, et c'était lui qui avait changé la donne.

Et il ne pouvait s'empêcher de s'en réjouir. Le remords rampait au creux de sa conscience, mais une satisfaction malsaine lui susurrait qu'il était heureux d'avoir été son premier amant. Comme toujours, Sophia l'écartelait entre désir et moralité.

Elle l'avait fait prévenir qu'elle voulait lui parler aujourd'hui, et il l'attendait dans son bureau, les poings serrés. Il détestait ce talent qu'elle avait de le rendre si nerveux.

Leur attraction était ridicule et insensée : elle n'était pas pour lui, il n'était pas pour elle, et il n'avait pas le pouvoir de changer cet état de fait. Même si elle n'avait pas été sa demi-sœur…

Il secoua la tête ; tout cela n'avait aucune importance.

La porte s'entrouvrit lentement, et elle se glissa dans le bureau sans frapper. Sans s'annoncer. Évidemment. Briser le protocole était une seconde nature pour Sophia ; les formalités inhérentes à leurs statuts auraient pu leur octroyer un certain répit, mais elle était incapable de se plier aux règles du palais.

— Tu avais quelque chose à me communiquer ?

— Oui. J'imagine que ce n'est pas une surprise, puisque je dois prendre rendez-vous avec toi pour t'adresser la parole.

— Tu n'as pas besoin d'être sarcastique, Sophia.

— Je suis étonnée que tu reconnaisses le sarcasme, Luca.

Leurs regards s'accrochèrent pendant une longue seconde, et l'intensité de ses yeux bleus fit courir une onde d'électricité dans ses veines. Comme si elle avait ressenti la même chose, comme s'il l'avait brûlée, elle détourna brusquement le visage.

— De quoi voulais-tu me parler ?

— Je voulais t'annoncer que j'avais fait mon choix. Je sais qui je veux épouser.

Sa déclaration le frappa avec la violence d'un uppercut. Si brutal et si surprenant qu'il crut un instant que son cœur s'était arrêté de battre.

— Ah ? parvint-il à répondre.

— Oui. J'espère que tu seras satisfait d'une alliance avec la Suède.

Il se targuait depuis longtemps d'être insensible, mais quelque chose de tendre et de douloureux se rappela soudain à son souvenir et sembla se figer en lui comme un éclat de glace.

— Je suis surpris de te l'entendre dire.

— Qu'est-ce qui t'étonne ? Que je l'ai choisi ? Ou que j'ai choisi l'un de tes candidats ?

— Que tu aies joué le jeu, plutôt que de compliquer la situation.

Elle croisa les mains devant elle, un voile de cheveux sombres dissimulant son visage. Ses vêtements lui allaient bien ; cintrés, comme la robe qu'elle avait portée lorsqu'il l'avait embrassée ce soir-là. Un haut couleur mandarine et une jupe à motifs suivaient les contours de son corps et dissimulaient la peau qu'il aurait tant aimé caresser. Il aurait tout donné pour reprendre sa taille souple, pour toucher ses hanches généreuses…

Succomber à cette attraction n'avait rien fait pour soulager son désir. Mais ce mariage… Peut-être que le mariage le guérirait, une fois pour toutes.

Et il aurait tout de même été le premier homme à poser les mains sur elle.

Oui, mais l'autre l'aura pour l'éternité, et tu devras les voir ensemble.

— J'ai compris beaucoup de choses le soir du bal, déclara-t-elle en soutenant son regard. Je n'ai aucune raison de refuser ce mariage. Plus maintenant.

Il y avait une provocation dans sa voix, mais il ne pouvait y répondre. Il devrait se marier, lui aussi, c'était certain ; mais jamais avec une femme comme elle. Sa future épouse devrait accepter qu'il ne puisse jamais l'aimer. Qu'on lui avait volé cette faculté depuis longtemps. Il choisirait une partenaire qui ne le regarderait pas avec espoir et qui n'attendrait pas de tendresse de sa part.

Il savait que le cœur, que *son* cœur ne pouvait le guider, dans la vie comme sur le trône.

— Parfait. Je suis heureux qu'il n'y ait plus d'obstacle, répondit-il tranquillement. Tu me donneras simplement votre date lorsque vous l'aurez arrêtée, et je commencerai les préparatifs.

— Dans un mois. Nous voulons nous marier dans un mois.

— Dans ce cas, l'annonce sera faite au plus vite.

Sophia avait mal à la tête. Mal au cœur. Mal partout, sans arrêt. Depuis le bal, chaque geste lui semblait lourd, et elle devait sans cesse lutter contre la tristesse qui menaçait de la submerger. Ses fiançailles n'avaient pas arrangé les choses ; elle se sentait terriblement coupable. Erik était attentionné et doux. Leurs interactions n'étaient pas physiques, non. La simple idée de le laisser la toucher, alors que Luca…

Mais peut-être était-ce la solution ? Comme retirer un pansement d'un coup sec. Le mystère qui avait voilé l'acte sexuel s'était évaporé, de toute façon.

Une larme roula sur sa joue et elle cligna des yeux, surprise. Elle n'avait pas senti le sanglot lui monter à la gorge. Elle essuya ses yeux et s'efforça de reprendre son sang-froid. Elle essayait une robe de mariée ; elle ferait mieux d'avoir l'air moins morose. Elle était heureusement seule dans la pièce, engoncée dans une crinoline.

Sa mère et la couturière reviendraient bientôt, et elle se devait d'afficher un peu d'enthousiasme, alors même que sa propre vie lui échappait entièrement.

Peut-être qu'elle avait été idiote lorsqu'elle avait accepté d'épouser Erik aussi rapidement, simplement pour blesser Luca. Simplement pour montrer qu'elle pouvait surmonter la douleur qu'il lui avait infligée en l'abandonnant dans les jardins du palais.

Ils ne pouvaient pas être ensemble. Il ne voulait pas d'elle. Il lui avait bien fait comprendre qu'il avait *envie* d'elle, mais c'était bien loin de ce qu'elle ressentait pour lui.

Et maintenant, il allait la laisser épouser un autre homme.

Une seconde larme s'écrasa sur sa main.

Pourquoi s'infligeait-elle pareil supplice ? Pourquoi avait-elle accepté ces fiançailles ? Parce qu'elle voulait qu'il s'interpose ? Quelle idée puérile.

Elle n'était qu'une gamine naïve.

La porte s'ouvrit derrière elle, sa mère et la couturière entraient en bavardant. Sa mère portait la robe, soigneusement rangée dans une housse, tandis que la couturière apportait sa trousse.

— Allons-y, s'exclama cette dernière.

Avec l'aide de sa mère, Sophia passa la robe par-dessus sa tête. Autour d'elle, le tissu ruisselait et des cris d'admiration retentissaient. Bientôt, la couturière épingla des morceaux d'étoffe. Mais Sophia avait toutes les peines du monde à feindre l'allégresse.

— Tu vas bien, Sophia ? demanda sa mère alors que la couturière s'agenouillait pour travailler l'ourlet.

— Je suis un peu… fatiguée.

Il valait mieux qu'elle admette une part de sa faiblesse plutôt que de faire semblant que tout allait pour le mieux ; sa mère ne se laisserait pas berner facilement.

— Oui, c'est compréhensible. Ce mariage est très rapide.

— C'est ce que voulait Luca. C'est ce que voulait mon père.

— Et qu'est-ce que, *toi*, tu veux, Sophia ? J'aimais ton beau-père de tout mon cœur et je sais qu'il ne voulait que ton bonheur, mais… Je ne l'ai pas épousé pour devenir reine, ni pour son argent. Je l'ai épousé par amour. Et tu mérites un mariage d'amour, toi aussi. Je sais que le roi aurait procédé de la même façon avec sa fille biologique et que c'est un privilège, mais tu n'es pas née dans ce monde. Tu n'as pas l'obligation d'obéir à ses règles si elles ne te conviennent pas.

Mais quels étaient ses choix ? Affronter la désapprobation éternelle de Luca ? Le désirer de loin ? Le voir se marier, avoir des enfants ? Ou bien couper les ponts avec sa famille ?

Pendant un instant, elle savoura cette possibilité. Tout quitter et vivre sans attache et sans responsabilités. Elle se sentirait seule, et vide, et terrifiée, mais au moins la douleur finirait par s'adoucir.

— C'est ce que je veux, déclara-t-elle résolument. C'est mon devoir. Et Erik est très gentil.

Sa mère soupira.

— Je ne dis pas le contraire.

— Tu sais que Luca ne m'autoriserait pas à l'épouser s'il n'était pas convenable.

— Bien sûr, répondit sa mère. Je sais que Luca ne laisserait personne te faire du mal. Pas physiquement, en tout cas.

Sophia serra les dents. Sa mère suspectait-elle quoi que ce soit ? Avait-elle des doutes sur sa relation avec Luca ? Si c'était le cas, elle n'avait jamais rien laissé entendre. Et Sophia n'avait pas l'intention d'avouer ses erreurs.

Elle baissa les yeux et, d'un petit coup de pied, repoussa le lourd jupon de sa robe avant de se redresser devant le miroir. En voyant son reflet, un vertige la fit chanceler en arrière.

Sa robe de mariée. Une nausée soudaine monta en elle.

— Excusez-moi, s'exclama-t-elle en descendant du tabouret à toute vitesse avant de courir vers la salle d'eau.

Elle claqua la porte derrière elle et tomba à genoux devant les toilettes, les doigts crispés sur la porcelaine, tremblante, le front moite. Elle n'avait jamais été malade aussi violemment, aussi brusquement. Elle se sentait terriblement mal, et vomir ne la soulageait pas. Elle baissa les yeux sur la robe avec inquiétude, mais l'étoffe était intacte.

On toqua à la porte.

— Sophia ? s'enquit sa mère, inquiète.

— Tout va bien, fit Sophia, le souffle court.

— Est-ce que je peux entrer ?

— Oui.

Le battant s'entrouvrit et sa mère se glissa à l'intérieur, le visage préoccupé.

— Est-ce que tu es malade ?

— J'allais très bien il y a quelques minutes.

— Tu n'as pas eu d'autres symptômes ? s'enquit sa mère.

— Non.

Le silence s'étira tandis que sa mère la dévisageait attentivement.

— Sophia… Je ne veux pas être indiscrète, mais… se pourrait-il que tu sois… enceinte ?

Sophia se sentit chanceler en arrière, les mains serrées sur le carrelage.

— Sophia ?

— Je… C'est… possible.

— Je suppose que l'approche de ton mariage est une bonne nouvelle, dans ce cas.

Sa mère s'agenouilla devant elle et prit son menton dans le creux de sa paume, le regard attentif.

— Es-tu heureuse, Sophia ?

— J'ai peur.

Ses pensées avaient volé en éclats. Elle avait du retard, c'est vrai. Jusqu'ici, elle ne s'en était pas inquiétée : elle était nerveuse, occupée par ses fiançailles. Mais… Luca et elle n'avaient même pas pris la peine de se protéger, cette nuit-là.

Juste une fois. Elle n'avait fait l'amour qu'une seule fois.

Avec le seul homme qui lui était absolument, éternellement interdit. Et elle était tombée enceinte. Pourquoi le destin s'acharnait-il donc sur elle ?

Elle était fiancée à un autre homme, bon sang ! Un homme qui ne l'avait jamais touchée, avec qui elle n'avait même pas encore échangé un baiser.

Les invitations avaient déjà été envoyées. Les bans étaient publiés. Elle essayait sa robe en ce moment même !

— C'est normal, murmura sa mère. Ta vie va changer, et c'est effrayant. Mais merveilleux, aussi.

Elle lui caressa doucement la joue.

— Tu es la meilleure chose qui me soit arrivée, Sophia.

Émue, elle tenta de sourire.

— Tu as été la meilleure mère qui soit.

— Et tu le seras aussi.

— J'aimerais pouvoir te croire…

— Ton mari sera là pour t'aider, dit sa mère avec un sourire. Tout ira bien, tu verras.

Comment pouvait-elle dire à sa mère que le bébé n'était pas d'Erik ? Qu'il était de Luca ? C'était impossible. La bouche sèche, la gorge nouée, elle se contenta d'écouter les promesses ravies de sa mère, ses projets pour le mariage, son enthousiasme à l'idée de devenir grand-mère. Elle se redressa docilement, la suivit dans la grande loge, laissa la couturière finir de prendre les mesures.

Après l'essayage, elle traversa les couloirs en silence, poussa la lourde porte de ses appartements et s'arrêta dans la chambre. Elle laissa son regard courir sur cette grande pièce luxueuse qu'elle avait toujours du mal à considérer comme sienne.

Elle se laissa tomber sur le lit, un meuble magnifique, avec un baldaquin sculpté aux tentures vaporeuses, jonché de coussins de soie. Elle se recroquevilla sur l'édredon moelleux et se mit à pleurer comme si son cœur se brisait.

C'était le cas, et elle n'avait aucune échappatoire.

7.

Finalement, Sophia fit demander un test de grossesse au médecin du palais. Une princesse ne pouvait pas aller en acheter un à la pharmacie du coin ; la nouvelle ne resterait jamais secrète, pas alors que la presse était si avide de scandale.

Elle l'avait appris à ses dépens ; elle avait perdu son anonymat lorsque sa mère s'était mariée, à cause d'un bout de papier et d'un anneau.

Heureusement, elle faisait confiance à la spécialiste qu'elle voyait depuis des années ; sa discrétion était l'une des exigences de sa position, en tant qu'employée du palais. Le médecin suivait chaque membre de la famille royale avec précision, notamment au sujet du dépistage.

Néanmoins, aussi professionnelle qu'elle soit, la doctoresse ne pourrait changer le résultat du test. Sophia faisait les cent pas en attendant son verdict. Quand la porte s'ouvrit enfin, le médecin semblait parfaitement neutre.

— Le test est positif, déclara-t-elle. Félicitations.

Sophia ne voulait pas être félicitée. Elle avait fait une terrible erreur et mis en péril sa position et toutes les valeurs en lesquelles croyait Luca. Elle allait risquer un scandale national, les sommes d'argent faramineuses déjà injectées dans l'organisation du mariage et la réputation de son roi.

— Merci, répondit-elle avec une assurance étudiée. Le mariage approche, tout sera vite réglé.

Réglé ? Comment allait-elle régler une catastrophe pareille ? Oui, le mariage approchait. La machine était en marche. Et elle ne pouvait plus rien arrêter.

Demain. Elle se mariait demain. Les invités étaient venus des quatre coins du monde. Mais avant cela, elle allait devoir parler à Erik, lui avouer sa grossesse. Il romprait sans doute leurs fiançailles. Et ensuite…

Elle ne savait pas quoi faire. Allait-elle cacher sa paternité à Luca ? Qu'en penserait-il ? Il ne croirait jamais qu'elle s'était jetée dans les bras d'un autre homme juste après lui. Il devinerait que l'enfant était de lui.

Non… Peut-être parviendrait-elle à le convaincre qu'elle était passée sans honte de Luca, et de son banc de pierre, au lit d'Erik. Mais Erik était blond, et Luca avait la peau hâlée, plus brune que la sienne. L'enfant ne ressemblerait pas à Erik.

— J'ai besoin d'un peu de temps pour moi, dit-elle enfin.

La doctoresse hocha la tête et réunit ses affaires avant de quitter ses appartements. Il ne lui restait plus qu'à régler un problème malheureusement insoluble.

Elle ouvrit sa grande armoire et laissa glisser ses mains sur l'étoffe soyeuse de sa robe de mariée. Elle portait l'enfant de Luca. Et demain, elle devrait marcher jusqu'à l'autel et donner sa main à un autre homme. Lui promettre de l'aimer pour l'éternité. Elle devrait passer la nuit avec lui.

Une nausée violente la secoua. Elle s'était menti pendant des semaines, s'était convaincue qu'elle pouvait aller jusqu'au bout, qu'elle pouvait s'offrir à un autre homme, oublier ses sentiments pour Luca avec le temps. Elle s'était promis qu'un peu de détermination suffirait. Que si elle le remplaçait entre ses draps, il serait bien vite remplacé dans son cœur.

Elle déglutit difficilement, la bouche sèche. Elle ne

pouvait plus retourner en arrière, désormais. Il était trop tard.

Ils avaient trop de choses à perdre. Luca avait raison. Ils avaient passé un accord avec Erik, signé le contrat prénuptial. La réputation de Luca… aux yeux de son peuple, aux yeux du monde. Luca était l'emblème de San Gennaro, elle ne pouvait le compromettre. Le bien commun devait passer avant elle ; elle ne pouvait pas se laisser consumer par son angoisse.

Mais elle avait l'obligation de parler à Erik. Elle lui devait au moins d'être honnête.

Quant à Luca… La vérité le ferait souffrir, et elle préférait lui épargner cela.

Le sang battait à ses tempes. Peut-être faisait-elle une erreur. Elle ne voyait aucune véritable issue, aucune option satisfaisante. Elle attrapa le combiné du téléphone.

— Allô ?

— Erik ? Il faut que je te parle.

— Tu ne vas pas me dire que tu veux annuler le mariage, n'est-ce pas ?

— Non… Mais toi, peut-être. Je… Je suis enceinte.

— Hum.

Un lourd silence flotta un moment à l'autre bout de la ligne.

— Et nous savons tous les deux que cet enfant n'est pas de moi, lâcha-t-il enfin.

— Oui. Mais… Je ne l'ai dit à personne. Il vaudrait mieux que le père biologique n'en entende pas parler. Et je ne veux pas… que qui que ce soit le sache.

Elle crispa les doigts sur le téléphone. Son cœur battait si fort qu'elle devinait à peine sa propre voix.

— Nous pourrions garder le secret. Si… Si cette idée ne t'offense pas.

— Je ne suis pas particulièrement enchanté, Sophia. Heureusement, tu n'as pas essayé de me mentir…

— Je n'aurais jamais fait une chose pareille, s'exclama-t-elle. Tu avais le droit de savoir la vérité avant de m'épouser.

— Mais qui est le père ?

Elle hésita une seconde.

— Je ne peux pas te dire cette vérité-là. C'est la seule chose que je veux garder secrète. Mais crois-moi, je sais que j'ai fait une erreur. Je n'essaie pas de te piéger.

— Je vois. Tu viens d'apprendre que tu es enceinte ?

— Oui, je te le promets.

Un long silence lui répondit, lourd comme du plomb, pesant sur ses épaules.

— Il est trop tard pour changer d'avis, reprit-il enfin. J'ai besoin de cette alliance avec ton pays. Je veux honorer les accords que nous avons déjà mis au point. Si nous annulions le mariage aussi tardivement, ce serait un affront pour nos deux nations.

— Oui, c'est ce que je pense aussi.

— Alors marions-nous.

Elle ne s'entendit pas acquiescer, les lèvres engourdies, les doigts tremblants. Elle raccrocha lentement. Malgré l'assentiment d'Erik, elle n'était ni soulagée, ni apaisée. Elle se roula en boule sur son lit et laissa le désespoir l'envelopper. Demain, tout serait terminé. Enfin terminé.

Non. Jamais terminé. Quoi qu'en penserait le monde, l'enfant qu'elle portait était celui de Luca. Une partie de lui. Une partie d'elle. La preuve de leur passion éphémère. La preuve de son amour pour lui. Un cadeau brillant et précieux qu'elle ne pourrait jamais ignorer.

Mais Luca avait été catégorique. Elle n'avait pas le droit de le compromettre. Le scandale serait terrible. Elle ne pouvait pas infliger cela à son enfant, ni à Luca.

Cette nuit-là, Sophia s'endormit encore une fois en pleurant.

*
* *

Au petit matin, dans les rayons purs et dorés du soleil, Sophia se réveilla avec un sentiment de vide et de torpeur.

Mais elle n'était pas vide. Elle portait l'enfant de Luca.

L'enfant du Luca. Les mots tournaient dans son esprit comme un terrible refrain tandis qu'elle se laissait maquiller, coiffer, et habiller devant le grand miroir. Sa mère la regardait avec les yeux brillants, pleins de fierté. Elle ne savait pas…

— Tout va bien ? demanda-t-elle.

— Un peu nerveuse, avoua Sophia.

Comme le jour des essayages, mais aujourd'hui la réalité était plus angoissante encore. Un goût de métal s'attardait sur sa langue, son corps entier lui semblait lourd et insensible comme de l'acier.

— Tu as fait le test ?

— Oui. Il est positif. J'attends un bébé.

Sa mère la serra longtemps dans ses bras avant de la délivrer.

— En as-tu déjà parlé à Erik ?

— Oui.

Si sa mère avait des doutes, elle ne les exprima pas. Elles continuèrent paisiblement à se préparer pour la cérémonie. Une demi-heure avant le début des festivités, on l'entraîna dans une jolie pièce privée, à l'arrière de la chapelle, où le secret de sa robe serait préservé. Il y faisait sombre, et le silence se referma sur elle. Son long voile ajoutait à son isolement, à l'illusion de protection dont elle avait besoin.

Une fois seule, toutes les pensées qu'elle avait voulu fuir lui revinrent en rafale ; mais elle ne voulait pas songer à ce qui l'attendait. Elle voulait que la cérémonie touche à sa fin, que la tentation de fuir s'évanouisse.

Elle voulait en avoir fini de sa nuit de noces et que Luca ne soit plus le seul homme à avoir possédé son corps. Elle voulait construire quelque chose avec Erik.

Comme si c'était possible.

Elle devait lui laisser une chance. Elle n'avait pas d'autre choix, n'est-ce pas ? Aller dire à son demi-frère qu'elle était enceinte de lui ? Un demi-frère qui n'avait pour elle qu'un désir purement charnel ? Non, Luca l'avait jetée dans les bras d'un autre après l'avoir déflorée dans un jardin, après tout.

L'idée de le trahir la tourmentait, mais finalement… Ne l'avait-il pas trahie le premier ? Il s'était caché derrière son devoir royal et l'avait abandonnée. Il avait encouragé ce mariage. Il allait la regarder épouser un autre homme.

Elle ferma les yeux. Alors, c'était donc cela. Depuis le début, elle avait prié pour qu'il l'arrête. Pour qu'il s'interpose. Il avait confessé qu'il ne pouvait supporter de voir un autre homme la toucher, le soir du bal. Et elle s'était accrochée à cet aveu de toutes ses forces.

Mais il n'avait rien fait.

La révélation lui fit l'effet d'une brûlure au fer rouge. Quelle idiote. Elle s'était attachée à un rêve, et elle était ici… Parce qu'elle avait imaginé…

Elle serra les paupières et chassa la larme qui roulait sur sa joue. Plutôt mourir que de ramper devant lui, ou lui avouer qu'elle était enceinte de lui alors qu'il ne voulait visiblement pas d'elle.

Comment pourrait-elle supporter sa réaction ? Et s'il décidait d'arrêter le mariage en apprenant la nouvelle ? Pas pour elle, non – seulement pour l'enfant ? Comment pourrait-elle vivre avec elle-même ? Avec lui ?

Elle était peut-être injuste ; il avait le droit, sans doute, de savoir qu'elle attendait son enfant. Mais elle avait pris sa décision.

Et soudain, la porte de son sanctuaire s'ouvrit à la volée ; Luca apparut sur le seuil, le visage dur.

8.

La fureur courait dans les veines de Luca comme une onde de choc. *Sophia*. Sa perfide demi-sœur. La traîtresse. Le visage caché par le voile, sa silhouette délicatement soulignée par sa robe virginale.

Tous deux savaient qu'elle n'était pas vierge. Ni aussi innocente qu'elle voulait le faire croire, n'est-ce pas ?

— C'est toi qui vas me conduire jusqu'à l'autel ? demanda-t-elle d'un ton insupportablement calme.

— C'est ce que tu veux ? Que je marche avec toi dans l'église et que je te passe de mon bras au sien ? Cela me semble approprié, puisque tu es passée de mes bras à son lit.

Il aurait voulu qu'elle proteste ; elle ne protesta pas.

— Il est un peu tard pour te montrer possessif, *fratello*.

Le mot *frère* le frappa en plein cœur, acéré – intolérable.

— Vraiment ? fit-il.

Non, il n'était pas trop tard : il était arrivé juste à temps.

Elle fit un pas en arrière, le souffle court.

— Je porte ma robe de mariée. Les invités sont là. J'imagine que le prêtre est arrivé.

— C'est exact.

— Alors, à moins que tu n'aies l'intention de me donner à mon futur époux, je te conseille de me laisser passer.

Il croisa les bras, érigeant une barrière infranchissable entre la porte et elle.

— Certainement pas.

— Il le faut, Luca, supplia-t-elle.

— Réponds d'abord à ma question, ordonna-t-il.

Il fit un pas en avant. Il était persuadé que son cœur battait trop vite, trop fort, qu'il allait faillir.

— Quelle question ?

— As-tu couché avec lui ?

Il avait la gorge nouée, le corps raide de colère glacée. Elle se détourna, son expression dissimulée par la cascade vaporeuse de son voile.

— Je ne vois pas en quoi cela te concerne.

— Cela me concerne si je le décide, rétorqua-t-il. Réponds à ma question, Sophia. Et n'essaie pas de me mentir.

Soudain, comme s'il l'avait giflée, elle sembla s'embraser.

— Non, siffla-t-elle en serrant les poings. Je n'ai pas couché avec lui. Mais j'ai bien l'intention de commencer dès ce soir. Je pourrais te montrer la lingerie que j'ai choisie, mais ce serait extrêmement malvenu, tu ne crois pas ? Après tout, tu n'es que mon demi-frère.

Une brume de rage flottait devant les yeux de Luca. Comme un animal sauvage, la colère rugissait en lui, insoutenable. Il ne savait pas ce qu'il aurait préféré entendre ; la preuve qu'elle n'avait pas essayé de le trahir ? Pourtant elle venait d'admettre ce qu'il avait soupçonné, lorsque les résultats du test étaient apparus sur son bureau, une heure plus tôt.

Il aurait cru qu'elle serait venue à lui de son plein gré, s'il avait été directement impliqué. Après tout, même si elle s'était donnée à Erik le lendemain de leur étreinte, le doute devait subsister.

Mais elle avait gardé le secret jusqu'à maintenant – et il était soudain très clair qu'il n'y avait qu'une seule possibilité. Qu'il n'y avait eu que lui.

Malgré tout, elle avait voulu lui mentir. Prendre une décision irréversible. Comme si elle avait compris qu'elle ne pouvait pas lui faire confiance. Comme si elle avait deviné les fissures qui viciaient son âme.

S'il avait été sincèrement bon, sincèrement honorable, si toutes ses démonstrations de piété royale avaient été honnêtes, il l'aurait peut-être laissée…

Laissée partir et épouser Erik.

Mais son abnégation n'était qu'une façade, il le savait, et il avait atteint le point de non-retour. Le spectacle qu'il avait mené pendant vingt ans touchait brusquement à sa fin ; l'illusion de sa bonté allait s'envoler en fumée.

— Nous adresserons nos excuses à Erik en temps voulu, dit-il en faisant un pas en avant.

— Pardon ? Mais pourquoi ?

— Parce que je…

Il releva doucement son voile pour révéler ce visage adorable et enchanteur qui l'hypnotisait depuis tant d'années – son tourment, sa passion.

— Parce que je vais embrasser sa fiancée à sa place.

Luca l'attira dans ses bras et prit ses lèvres ; elle était sienne, désormais. Il n'y avait pas d'autre solution. Lorsqu'il la délivra, elle le buvait du regard, les yeux écarquillés.

— Et il va se retrouver sans épouse, murmura-t-il.

Puis il la souleva brusquement et la jeta en travers de son épaule en ignorant son exclamation indignée.

— Qu'est-ce que tu fais ? s'écria-t-elle en frappant son dos avec son poing fermé.

Ah, voilà qu'ils imitaient les clichés ridicules des vieux films ; et il se sentait même réprimer un sourire.

— Il semble que nous ayons brûlé les étapes, répondit-il sans relâcher son étreinte. Te voilà en robe de mariée, mais notre relation a déjà été consommée. J'irais même jusqu'à dire que tu es enceinte de moi.

— Luca !

— Croyais-tu vraiment que je n'en saurais rien ?

Il poussa la lourde porte de la chapelle et traversa la pelouse. Ils étaient seuls, ici : les invités et les paparazzis n'avaient pas le droit d'accéder à cette partie du domaine, afin de ne pas déranger la mariée. Et c'était ici que Luca avait exigé qu'un avion privé les attende.

Au cas où.

Au cas où… il aurait voulu partir avec elle.

C'était de la folie, bien sûr ; il avait l'impression qu'un barrage avait lâché en lui sans prévenir. Et pourtant, il y avait une part de préméditation dans cette impulsion fiévreuse. Il n'avait pas envisagé ce scénario exact, pas avant de la voir, mais soudain il lui semblait que ce dénouement avait toujours été inéluctable.

— Pardonne-moi, fit-il avec un sourire. Mais, compte tenu de la situation, je pense qu'une cérémonie serait inappropriée. Nous partons en lune de miel.

— Luca, tu ne peux pas faire une chose pareille, protesta-t-elle avec un nouveau coup, cette fois apathique.

Une objection aussi peu enthousiaste qu'inefficace.

— Je suis le roi, *sorellina*. Je peux faire ce que je veux.

Oui. Il était roi. Et personne ne pouvait l'arrêter. Il s'était laissé aveugler par son devoir et par ses responsabilités. Laissé guider par les exigences de son père, par les attentes du pays.

Il avait voulu protéger Sophia et s'assurer qu'elle aurait la vie qui lui conviendrait le mieux, plutôt que d'écouter son propre plaisir. Et pourquoi cela ? À quoi servait donc son pouvoir, s'il ne pouvait pas prendre ce qu'il désirait ? Il avait envie de sa demi-sœur, et elle portait son héritier… Alors elle serait sienne. Quoi qu'en pense l'opinion publique.

Tout était clair et simple désormais, comme si le soleil avait enfin dissipé les nuages de ses doutes.

— Et si je refuse ?

Il monta les marches de l'avion et la garda dans ses bras pendant que l'équipage sécurisait les issues sans oser le questionner.

— Tu ne peux pas refuser…, murmura-t-il en l'installant dans un des larges fauteuils en cuir.

Il s'agenouilla pour l'aider à attacher sa ceinture.

— Tu ne peux qu'obéir.

Il leva les yeux vers elle. Elle se contenta de soutenir son regard, immobile, indignée, échevelée par la traversée des jardins, irradiant de fureur, délicieuse dans l'océan de tulle et de soie.

Elle devrait choisir une autre robe pour leur mariage ; plus belle encore que celle qu'elle portait à cet instant. Jamais il n'accepterait qu'elle se donne à lui dans une robe destinée à un autre.

Sa mère lui avait inculqué que tout scandale devait être évité à tout prix ; que l'image était reine. Même quand elle avait appris que…

Non. Elle avait protégé la réputation de la famille avant tout. Elle avait fait passer sa précieuse renommée avant la sécurité de son fils. Et il allait détruire son dur labeur en un éclair. Une joie sauvage, une colère incendiaire pulsait en lui.

Il ne ferait pas la même erreur que sa mère. Il ne trahirait pas l'enfant que portait Sophia. Il devait se marier, il devait avoir un héritier, et cette situation répondait à ses projets. Pourquoi s'inquiétait-il de la bonne opinion de la nation, alors que cette union profiterait à tous ?

L'enfant était sa meilleure justification.

Bien sûr, le tollé serait douloureux. Les journalistes n'auraient aucune pitié. Leur enfant devrait vivre avec ces gros titres ; et eux-mêmes devraient supporter la première vague de l'esclandre. Mais l'indignation s'évanouirait petit à petit, et finalement ils seraient mari et femme plus longtemps qu'ils n'avaient été demi-frère et demi-sœur.

Tout irait pour le mieux. Évidemment. Il ne laisserait pas le monde le défier ; il n'admettrait plus les limitations qui l'avaient enchaîné jusque-là.

Il avait épuisé sa patience.

Il était roi, et il était temps qu'il en fasse montre.

Il avait cru trop longtemps que son statut était un fardeau – mais c'était terminé.

— Veux-tu savoir où nous allons ? demanda-t-il en s'enfonçant dans le dossier moelleux du siège.

— Je ne veux rien savoir, dit-elle d'un ton sec, le visage pâle et les lèvres crispées de colère.

— Tu l'aimais donc tant que cela ?

— J'ai essayé. J'ai essayé de faire mon devoir. J'ai essayé de t'obéir. J'étais prête à…

Il ne voulait pas écouter ses mensonges. Il leva une main pour la faire taire.

— Tu as voulu faire croire que mon enfant était celui d'un autre. Je ne te le pardonnerai pas.

— Tu étais prêt à me laisser épouser Erik, siffla-t-elle. Tu n'as arrêté cette mascarade que lorsque tu as découvert que j'étais enceinte. Tu as pris ma virginité sur un banc. Tu n'as jamais songé à me protéger. Tu as profité de mon innocence, et tu allais m'offrir à un inconnu sur un plateau d'argent. *Je* ne te le pardonnerai pas.

Elle détourna les yeux, le visage auréolé de boucles brunes, et posa une main sur son ventre.

— Il savait que l'enfant n'était pas de lui, Luca. Pense ce que tu veux de moi, mais je n'avais pas l'intention de le convaincre du contraire.

— Et sait-il qu'il est de moi ?

Elle leva ses yeux enflammés vers lui.

— Je lui ai dit que c'était la seule chose dont je ne voulais pas parler.

— Je sais que tu ne l'as découvert qu'hier.

— Et toi, comment l'as-tu découvert ?

— Le médecin du palais m'a fait un rapport, Sophia. Ces choses-là ne peuvent rester secrètes.

Elle pâlit violemment, tremblante de rage et muette d'indignation ; et pourtant, même à cet instant précis, le relief délicat de sa poitrine, souligné par son décolleté en forme de cœur, attira irrésistiblement son regard vorace. Sophia… Sophia éveillait toujours ses pulsions les plus sombres.

— Comment oses-tu ?

— J'ose *tout*, rétorqua-t-il d'une voix acérée. Je suis le roi de San Gennaro. Tu es enceinte de mon héritier. Tu voudrais que je laisse faire le hasard ?

Elle soutint son regard, les dents serrées.

— M'aurais-tu laissée l'épouser ? Si tu n'avais rien su pour le bébé ?

Sa gorge se noua. Il serra les poings.

— Bien sûr. Je n'aurais pas laissé mes pulsions charnelles dicter le futur de mon pays.

— Sauf bien sûr quand elles prennent la forme d'un héritier.

— Évidemment, répondit-il, agacé. Crois-tu que j'aurais laissé un autre homme élever mon enfant ? Crois-tu que j'aurais sacrifié le droit imprescriptible de mon héritier au trône pour protéger ma réputation ? J'ai été imprudent avec toi, Sophia, tu as raison à ce propos ; et je n'admettrais pas que notre enfant souffre de cette imprudence.

— Tu sais, ce sera peut-être une fille. Dans ce cas-là, tu regretteras sans doute de ne pas m'avoir laissée épouser quelqu'un d'autre.

— Jamais, martela-t-il sans hésitation.

— Tu n'as pas l'air très *heureux*.

— Peu importe le bonheur. Je te parle de mon devoir. Je me dois de protéger les droits de mon enfant.

— Oui, comme ton père a voulu le faire pour moi. En me vendant au plus offrant.

— Et te voilà malheureusement coincée avec moi à la place.

Elle ne répondit pas. Peut-être ne comprenait-elle pas à quel point il était sérieux sur ce point. La noirceur qu'il cachait – ses plaies secrètes… Non, il n'aurait jamais emprisonné Sophia dans cette union, s'il avait eu le choix. Mais ce n'était plus le cas.

Et puisque cela lui permettait d'assouvir le désir qu'il avait de son joli corps, alors tant mieux.

— Tu vas être ma femme, Sophia.

— Quand ? lança-t-elle d'un ton de défi.

Comme si elle ne le croyait pas.

— Oh ! Dès que possible. Nous allons à San Paolo.

L'expression de Sophia, étrangement, s'adoucit ; une transformation presque radicale, après sa colère féroce.

— L'île de ton père ?

— C'est *mon* île, maintenant.

Son père les avait quittés. Il n'était plus là pour condamner cette liaison, cette escapade. Personne ne pouvait plus le juger, plus maintenant. Comme il aurait été facile de la coucher dans le large fauteuil, de remonter les jupons de sa robe et de se perdre en elle…

Il ne voulait plus réfléchir, plus parler. Une langue de feu se déroulait dans ses veines. Il voulait Sophia. Même à cet instant, lorsque la gravité de la situation aurait dû éclipser l'appel des sens, il ne voulait qu'elle.

— Ce ne sera pas facile, murmura-t-elle.

— Et me cacher mon enfant aurait été plus simple, Sophia ?

— Ne fais pas l'idiot, Luca. Le monde nous regarde. Il nous jugera sévèrement et il jugera aussi notre enfant. Il aurait peut-être été plus généreux de notre part de lui épargner tout cela.

Un éclair de colère le secoua.

— Tu n'as même pas connu ton père biologique. Cet imbécile n'a pas pris la peine de t'élever. Et tu voudrais infliger la même souffrance à ton enfant ?

— Le sang ne fait pas tout, rétorqua-t-elle. Ton père a été un père merveilleux, parce que c'était un homme bon. Le mien ne voulait pas de moi, ne m'aimait pas, et cela n'a pas d'importance. Ton père a *mérité* mon amour et mon respect. Il n'est pas né avec le droit inné de m'éduquer. Voilà pourquoi j'ai pris cette décision. Parce que je sais très bien que la génétique ne pèse pas lourd dans la balance.

— Et moi ? Tu as donc une si piètre opinion de moi que tu oserais me comparer à ton père ? Tu penses que j'abandonnerais mon enfant, sans le moindre scrupule ?

— Je me suis dit que ce que tu ne savais pas ne pouvait pas te faire de mal. Ou mettre en péril la stabilité du pays.

— Tu as une façon bien cavalière de jouer avec nos destins.

— Tu as une façon bien cavalière de jouer avec ma liberté.

— Tu n'en mérites pas tant, riposta-t-il. Pas après cette trahison.

Le silence descendit sur la cabine. Luca se redressa et marcha jusqu'au bar pour se servir un verre de whisky.

— Je ne t'en propose pas, railla-t-il.

Il était conscient de sa cruauté, mais peu lui importait : il ne pouvait pas faire preuve de bienveillance, pas maintenant.

— Tu me détestes, souffla-t-elle. Tu m'as toujours détestée. Ou, si ce n'est pas de la haine, peut-être une indifférence hostile que personne d'autre ne m'a jamais réservée. Je n'aurais pas pensé que l'inimitié et le désintérêt pouvaient coexister, mais tu les allies très bien.

Il secoua la tête et lâcha un petit rire acide.

— C'est ce que tu penses ? demanda-t-il en prenant une gorgée de liqueur.

— C'est ce que je *sais*, Luca.

— Alors, tu es une idiote.

Il termina son verre d'une rasade et savoura la brûlure de l'alcool le long de sa trachée.

Puis il traversa l'espace qui les séparait et se pencha sur elle en s'appuyant sur les accoudoirs du fauteuil, ses bras tendus l'emprisonnant. Leur proximité soudaine fit onduler un frisson dans ses veines et, lorsque son regard croisa le sien, l'électricité étincela entre eux comme une promesse. Son cœur battait trop vite, et il se sentit raidir.

Déchaînerait-elle toujours un désir aussi ardent en lui ? Elle le faisait brûler depuis presque dix ans ; pourrait-il jamais se repaître d'elle ?

— Tu penses que je te déteste ? Que tu m'es indifférente ? Si je me suis comporté comme cela, Sophia, c'est parce que je voulais protéger ton innocence. *Te* protéger de ma convoitise.

— Luca…

Il se redressa et passa une main nerveuse dans ses cheveux.

— J'ai toujours su que quelque chose n'allait pas chez moi. Que je ne pouvais pas faire confiance à mes propres désirs. Je l'ai prouvé le soir du bal. Mais j'ai fait mon possible pour éviter cette déchéance pendant des années.

— Tu avais… envie de moi ?

— Je n'avais envie de *personne* d'autre. Tu ne peux imaginer le nombre de délicieuses brunettes à qui j'ai fait l'amour en essayant d'oublier ton visage.

— Dois-je me sentir flattée ? Que tu aies utilisé d'autres femmes en pensant à moi ?

Elle avait le visage pâle, mais ne cillait pas.

— Personne ne devrait en être flatté, non. Et je suis d'avis que personne ne devrait apprécier mes attentions.

— Pourquoi pas ?

La question était simple et sans doute attendue, mais elle le surprit tout de même.

— Cela n'a pas d'importance.

— Bien sûr que si.

— Vraiment, Sophia. Tu n'as besoin de savoir qu'une chose, c'est que nous allons nous marier. Ce n'est pas négociable. Tu seras ma reine, et notre enfant sera mon héritier. Si tu en viens à le regretter, rappelle-toi que tu as pris ta décision lorsque tu m'as chevauché dans les jardins du palais.

— Et si *tu* en viens à le regretter, rappelle-toi que tu as scellé ton destin quand tu n'as pas utilisé de préservatif.

Le brasier qui le tourmentait s'enflamma, et il ne put se retenir de fondre sur elle.

— Je n'ai aucun regret. Mais je ne suis pas certain que tu pourras dire la même chose, très bientôt.

Lorsque l'avion atterrit, Sophia se sentait lasse et fourbue, et elle ferma les yeux dans la chaleur aveuglante de l'après-midi. Sa robe lui semblait lourde, et Luca ne lui avait pas proposé d'habits de rechange.

Si elle n'avait pas passé les trois dernières heures dans une ambiance de glace et d'animosité, elle aurait cru rêver.

Un rêve bien étrange, néanmoins.

Il faisait trop chaud à San Paolo pour supporter les couches de tulle et de soie, ou la crinoline malaisée qui soutenait sa jupe.

Le ciel brillait comme une gemme et se reflétait dans les eaux claires qui s'étendaient aux alentours, les coupant du monde comme des douves immobiles. La plage était blanche sous le faisceau cruel du soleil, piquetée d'herbe souple et de coquillages brisés. Et au loin s'élevait le magnifique domaine que le père de Luca avait fait construire pour sa famille. Elle avait passé une partie de son enfance sur cette île, et elle l'avait toujours considérée comme le paradis sur terre.

Jusqu'à maintenant.

Oh ! Bien sûr, elle était profondément soulagée d'avoir été arrachée à son propre mariage – elle n'avait jamais voulu épouser Erik. Mais pouvait-elle épouser Luca ? Alors qu'il ne l'avait choisie que pour leur enfant, alors qu'il l'aurait laissée marcher jusqu'à l'autel sans sourciller si elle n'avait pas été enceinte de lui ?

Elle ne lui aurait jamais suffi, pas toute seule. Et cette certitude la faisait souffrir.

Elle se laissa guider, toujours aux prises avec l'étrange impression de traverser un mirage, hors du temps et hors de la réalité. Une voiture luxueuse les conduisit jusqu'à la villa.

La demeure était étincelante, toute de stuc blanc, chapeautée par une élégante toiture en briques rouges, entourée d'une végétation tropicale couleur d'émeraude. Construite à flanc de montagne et surplombant la mer, la bâtisse comptait trois étages. Enfant, Sophia s'était étonnée de la grande terrasse qui donnait sur l'océan et abritait un vaste bassin en verre. Pourquoi les adultes aimaient-ils se déshabiller à l'extérieur et se baigner au-dessus de la mer alors qu'une immense piscine les attendait en contrebas ?

Aujourd'hui, elle comprenait très bien.

Elle s'imaginait sans peine passer des heures avec Luca ici, leurs corps nus et humides, avec pour seul témoin le roulis des vagues toutes proches.

Même s'il ne l'aimait pas, ces images la faisaient frissonner tout entière.

Comme ils entraient dans le grand hall ombragé, Sophia regarda autour d'elle, submergée par la nostalgie. Elle se souvenait de sa première visite. De son beau-père et de sa mère, main dans la main, et de Luca, maussade et magnétique. À l'époque, elle désirait le fuir autant que le poursuivre…

Rien n'avait changé.

Elle baissa soudain les yeux sur sa tenue. Elle n'avait ni son sac, ni son téléphone. Elle ne portait rien d'autre que cette robe de mariée froissée, choisie pour un mariage annulé.

— Luca, ma mère doit être malade d'inquiétude.

— Oui, dit-il tranquillement en regardant ses messages sur son élégant smartphone. Elle a peur que tu aies été kidnappée.

— *J'ai* été kidnappée !

— Par moi, fit-il en souriant.

— Et cela change quelque chose ?

— Je suis le roi, voyons. Personne ne m'arrêtera.

— Tu es tombé bien bas.

— Peu m'importe, à ce moment précis.

— Est-ce que tu vas lui dire ? demanda Sophia.

— Nous allons devoir le dire à tout le monde, tôt ou tard.

— Je veux appeler ma mère.

Luca arqua un sourcil.

— Je ne veux pas qu'elle saute dans le prochain avion pour nous rejoindre.

— Tu as kidnappé sa fille, à quelle réaction t'attendais-tu ?

— Je préfère que nous restions seuls.

— Pourquoi ?

De nouveau, il la souleva prestement dans ses bras.

— Tu prends des mauvaises habitudes, dit-elle.

— Je ne trouve pas que ce soit une mauvaise habitude.

Il traversa le hall et se mit à monter les marches ; derrière eux, la traîne de tulle et de soie flottait, éthérée.

— Qu'est-ce que tu fais ?

— J'usurpe ta nuit de noces.

— Il n'y a pas eu de mariage.

— C'est un détail, murmura-t-il en se penchant vers elle pour capturer ses lèvres.

Et dès que sa bouche effleura sa peau, une vague d'ivresse balaya sans peine ses objections et ses doutes ; chaque baiser adoucissait un peu plus sa colère, son angoisse, sa résistance. Elle avait été si obsédée par les motivations de Luca qu'elle n'avait pas compris, avant cet instant… Pas compris que tout cela était réel. Leur attraction, au moins, était vraie et sincère. Tous deux étaient irrésistiblement attirés l'un par l'autre, malgré ce qu'on leur avait toujours inculqué.

Il n'était pas question d'amour, entre eux, mais la passion était là. Et peut-être qu'elle pourrait s'en contenter.

Il la serrait désespérément contre lui et l'emporta jusqu'à la chambre principale, celle dans laquelle elle n'était jamais entrée. Il ouvrit les doubles portes d'un coup de pied et s'engouffra dans la pièce pour la déposer sur le lit.

Confuse, fiévreuse, elle remarqua soudain qu'aucun domestique n'était venu les accueillir.

— Où… Où sont-ils tous ? balbutia-t-elle.

— J'ai demandé à tout le monde de partir. Ils ont laissé tout ce dont nous avons besoin, et feront envoyer des vêtements de rechange pour toi. Mais nous avons besoin d'un peu d'intimité.

— Pourquoi ? demanda-t-elle d'une voix tremblante.

Elle ne comprenait pas pourquoi il avait tant besoin d'être seul avec elle. C'était trop… trop intense. Elle avait toujours pensé qu'elle ne pourrait jamais toucher Luca ; elle avait fait de cette conviction une armure. Elle avait protégé son cœur, son corps. Et maintenant, il était là. Il était à elle, grand, et puissant, et terriblement beau, et prêt à la consumer tout entière.

— Parce que ce salopard d'Erik allait t'embrasser et te toucher ce soir. Peut-être même attendais-tu ta nuit de noces avec impatience. Mais c'est hors de question. Je veux être le seul homme. Je veux être le seul homme que tu désires.

— Tu ne voulais même pas de moi !

— C'est faux. J'ai prié… pour ne plus avoir envie de toi, mais je n'ai jamais réussi à me délivrer de toi. Le destin a parlé, Sophia. Pourquoi ne pas savourer son verdict ?

Il l'attrapa d'un mouvement souple et ouvrit brusquement son corset. Une exclamation lui échappa lorsqu'elle sentit le ruban se défaire, l'étoffe mesurée si précautionneusement, se déchirer, et son buste, se dévoiler au regard de Luca.

— Tu es si belle, murmura-t-il avant de baisser son visage hâlé pour prendre un téton tendu entre ses lèvres brûlantes.

Elle le désirait à en mourir, même dans la souffrance, même alors que sa passion menaçait de la détruire ; elle ne voulait que s'abandonner à lui. Elle souffla son nom en enfouissant ses doigts dans ses cheveux sombres pendant qu'il suçait son autre sein avec ardeur.

— Tu as raison, souffla-t-elle. C'est de la folie.

— Je savais en t'enlevant que je nous mettrais en péril tous les deux, Sophia. Ainsi que mon pays. Mais nous ne pouvons pas revenir en arrière. J'aurais tout donné pour contrôler mon désir pour toi, mais…

Sa voix n'était qu'un murmure bas et torturé.

— Dieu sait que je te *veux*.

Ses caresses semblaient enflammer sa peau alors qu'il retirait les couches soyeuses de sa robe. Il ne lui laissa que ses chaussures satinées et la coucha sur le lit. Sans la lâcher du regard, il écarta lentement ses cuisses.

Puis il s'agenouilla devant elle en empoignant ses hanches pour l'attirer contre sa bouche.

— Luca, s'exclama-t-elle, choquée qu'il envisage une chose pareille.

— J'en rêve depuis des mois. Encore plus que de plonger en toi, tu sais. Je veux te goûter. Je veux t'avoir sur ma langue et sur mes lèvres, Sophia…

Il se pencha en avant, et sa langue exquise et enivrante rencontra sa chair tremblante et fit courir une onde électrique au plus profond d'elle. Elle s'entendit gémir de plaisir lorsqu'il la pénétra avec ses doigts. C'était trop, et trop peu ; une douleur délectable rampait en elle, une souffrance que lui seul pouvait apaiser.

Elle s'embrasa sous les assauts de sa bouche et l'expertise de ses doigts ; elle ne pensait plus. Tous ses soucis s'envolaient : son mariage brisé, l'homme qu'elle aurait dû accepter, le scandale, la réalité. Plus rien d'autre ne comptait que Luca et la flamme qui l'aveuglait comme une lumière blanche dans les ténèbres.

Il s'écarta soudain, le regard sauvage, puis déboutonna sa chemise blanche et repoussa sa veste élégante. Elle ne pouvait que le boire du regard. Ses muscles ciselés et parsemés de poils sombres ; ses doigts agiles, courant sur la boucle de sa ceinture, le bouton du pantalon ; et la révélation, enfin, de ses cuisses puissantes et de son membre dressé.

Il l'avait déjà possédée, et il était sur le point de la prendre à nouveau. Même maintenant, dans la lumière, cela lui semblait impossible. Si elle avait pu le voir ainsi, le soir du bal, elle aurait été bien plus inquiète. Aujourd'hui, elle savait que sa taille impressionnante la ferait trembler de plaisir.

Il avança vers elle avec la grâce d'une panthère. Il attrapa ses hanches d'un mouvement ferme, la souleva sans peine du lit et se noya entre ses cuisses avec un coup de reins souple et vigoureux. Leur union soudaine la transporta instantanément, exacerbée par le grondement de sa voix rauque. Cette alchimie qui n'existait que pour les torturer…

Chaque va-et-vient la menait vers une nouvelle extase ; et elle s'arquait à la rencontre du corps sombre et sculptural de Luca avec ferveur. Dans un râle, il s'abandonna finalement en elle, et Sophia le suivit au cœur de l'abysse. Elle tendit la main pour l'attirer dans ses bras. Le serrer contre elle lui donnait presque l'impression d'avoir repris le contrôle de son existence. Elle l'étreignit de tout son cœur.

S'ils se séparaient, tout risquait de voler en éclats.

9.

Il l'avait laissée seule dans l'immense lit. Sa robe était déchirée, et les vêtements de rechange n'étaient pas encore arrivés.

Sophia se sentait trop… Trop triste ? Presque démunie, mais également repue… Et satisfaite. Comme après la première fois – pas heureuse, non. Il n'y avait pas de place pour quelque chose d'aussi beau et simple que le bonheur, entre eux.

Mais elle avait l'impression de dériver sur un radeau après la tempête ; la dévastation n'en était pas moins angoissante, mais le tumulte était passé, inéluctable, et avait laissé dans son sillage un étrange soulagement.

Elle devait appeler sa mère. Elle savait que Luca ne voudrait pas qu'elle divulgue leur destination, mais il était parti, et un téléphone attendait sur le bureau. À moins qu'il n'ait eu la présence d'esprit de couper les lignes, rien ne l'empêchait de contacter la seule personne qui s'inquiétait réellement de sa sécurité.

Elle s'enroula dans le beau drap immaculé avant de marcher jusqu'au bureau pour composer le numéro d'un doigt tremblant. Elle attrapa le combiné et écouta la tonalité.

Juste une fois, avant que sa mère ne réponde.

— Allô !

— Maman…, dit Sophia.

— *Où es-tu ?* s'enquit sa mère, la voix vibrante de panique. Est-ce que tu vas bien ?

— Oui.

Physiquement, en tout cas. Émotionnellement, elle n'en était pas certaine.

— Que s'est-il passé ? Tu étais dans la chapelle quand Luca est parti te chercher et… Est-ce que Luca est avec toi ? demanda sa mère.

— Luca…

Sa voix s'éteignit.

— Sophia, explique-moi.

— C'est à cause de Luca que je suis partie.

En réponse, un silence cassant comme un mur de verre.

— Maman, il faut que je te dise quelque chose…

— Oh ! Sophia, fit sa mère d'un ton lourd de regret. J'espérais… J'espérais que tu avais dépassé ces sentiments.

— C'est lui le père, murmura Sophia.

Un autre silence, lourd cette fois, de mots tus et d'émotions réprimées. Sophia retint son souffle.

— Je vois, répondit sa mère après de longues secondes.

— J'ai essayé de résister. Il a essayé. *Vraiment*.

Elle ferma les yeux.

— Promets-moi juste qu'il n'a pas essayé de profiter de toi quand tu étais plus jeune, siffla sa mère.

Sa voix venimeuse ne laissait aucun doute sur les conséquences meurtrières qui attendaient Luca dans le cas contraire. Sophia secoua la tête.

— Non. Jamais. Nous… Non, c'était la première fois. La première fois que nous… Ma grossesse, je veux dire.

— Je savais, mais j'espérais que cela passerait. Pour vous deux.

— Tu savais qu'il… qu'il avait des sentiments pour moi ?

— Je savais qu'il te *désirait*. Bien plus tôt qu'il n'en avait le droit. Et j'ai demandé à son père de le tenir à distance de toi. Il n'y avait pas d'avenir possible entre vous, Sophia. Tu dois le comprendre.

— Bien sûr. J'étais d'accord pour épouser un autre homme.

— Oui. Justement. Ta disparition fait déjà scandale.

— Attends qu'ils découvrent ce qu'il s'est réellement passé, railla Sophia. Quitter mon mariage en douce, d'accord, mais m'enfuir avec mon demi-frère parce que je suis enceinte de lui ? Je vais faire couler beaucoup d'encre.

Sa mère poussa un long soupir de détresse.

— Sophia, les conséquences risquent d'être terribles.

Sophia grimaça.

— Je suis désolée, maman. Vraiment désolée de t'avoir déçue.

La voix de sa mère s'adoucit.

— Je ne suis pas déçue. Mais tu as choisi une voie difficile. Épouser un roi lorsque tu viens du peuple… Et les choses seront plus douloureuses encore pour toi et Luca. J'avais espéré que tu pourrais l'éviter.

— C'est ce que nous avons fait. Jusqu'à ce que ce ne soit plus possible.

Elle était honteuse de parler si honnêtement à sa mère. Jusqu'à récemment, elle était encore vierge, et voilà qu'elle avouait avoir été dépassée par son propre désir.

— Si vous vous aimez…, commença sa mère.

Sophia se raidit, traversée par un éclair de douleur.

— Si nous nous aimions, je n'aurais jamais accepté d'épouser Erik, coupa-t-elle. Luca ne m'aime pas.

Erik n'avait-il pas représenté, pour elle, une forme de dérobade ? Avait-elle cherché dans ce mariage à fuir ? Non pas seulement le scandale ou le regard perspicace de sa mère, mais surtout la force de ce qu'elle ressentait pour Luca ?

— C'est un homme bien, fit soudain sa mère d'une voix rassurante.

— Je sais. Trop bien pour une affaire aussi dégradante.

— Trop bien aussi pour refuser de prendre ses responsabilités. Mais je me demande s'il n'aurait pas été plus facile pour tout le monde qu'il te laisse épouser Erik.

Sa suggestion la transperça comme une lance.

— Pourquoi ?

— S'il ne peut pas t'aimer…

La remarque de sa mère était intéressante. Pensait-elle que sa fille était difficile à aimer ? Ou songeait-elle à Luca, à la distance qu'il mettait entre lui et le monde ?

Les deux, peut-être.

Sophia était certaine d'une chose, néanmoins : elle ne voulait pas l'aimer. Ce qu'elle ressentait était bien trop violent et bien trop douloureux.

— Je ne suis pas sûre d'être amoureuse de lui, avoua-t-elle. Mais ce qu'il y a entre nous est indéniable. Et il a choisi de légitimer le bébé… Je ne peux tout de même pas le forcer à renier son enfant !

— Bien sûr que non. Mais tout cela va être si périlleux, Sophia. Où es-tu ? Je voudrais venir te chercher.

— Je…

La porte s'ouvrit brusquement et elle fit volte-face. Luca était planté sur le seuil et lui jeta un regard noir. Son expression était orageuse, sa bouche, crispée de colère.

— Je dois te laisser.

Elle raccrocha le téléphone sur les protestations lointaines de sa mère. Luca traversa la pièce et arracha la prise de l'appareil.

— Je t'ai expliqué que je ne voulais pas être dérangé. Que lui as-tu dit ?

— Simplement que j'étais enceinte de toi.

Luca lâcha un petit rire sombre et acide.

— J'imagine que son respect pour moi a bien diminué, dans ce cas.

D'un geste frileux, elle serra ses bras autour d'elle.

— Elle a dit qu'elle l'avait toujours su. Que tu avais envie de moi. Et que je te désirais aussi.

— Fascinant. Mais tu n'en avais aucune idée, n'est-ce pas ?

— Non. Je croyais que tu me détestais.

— Tu refusais de disparaître, de devenir invisible. Les années passaient, et à mes yeux tu ne perdais rien de ton charme. Je te détestais sans aucun doute, Sophia, mais mon mépris ne muselait pas mon désir.

— Oh ! Luca, c'est magnifique, railla-t-elle. Tu devrais m'écrire des poèmes.

— N'est-ce pas ? Voilà un quadrisyllabe : Tu es à moi.

Il fit un pas en avant et tira le drap blanc qui lui servait toujours de peignoir. Elle trébucha vers lui, nue et tremblante, avec l'impression d'exhiber son âme plutôt que son corps.

— Alors tu es à moi aussi, pas vrai ? rétorqua-t-elle, fragile sous son regard acéré.

— Je ne suis pas sûr de comprendre…

— Si tu veux que je t'appartienne, je n'accepterais pas moins que cette concession en échange. Tu veux que nous nous mariions, Luca ? Alors je serai la seule femme que tu toucheras. Tu peux m'avoir tout entière, ou pas du tout.

— Je n'aurais jamais été infidèle à ma femme, quelle qu'elle soit. Je n'ai pas l'intention de l'être avec toi.

Un frisson d'attraction crépitait entre eux, et aucun n'osa immédiatement reprendre la parole. Le silence était lourd de leur promesse mutuelle. Ils ne toucheraient personne d'autre. Ils devraient d'abord épuiser le désir véhément qui les poussait l'un vers l'autre, et Sophia ne pouvait imaginer en arriver un jour à se fatiguer de Luca. Elle savait, confusément, que ce qui la liait à lui était exceptionnel.

— Qu'est-ce que tu vas faire ? murmura-t-elle.

— Ce soir ? Je voudrais t'emmener dans mon lit et me repaître de toi jusqu'à ce que tu cries mon nom.

Sa peau s'enflamma, mais elle parvint à soutenir son regard.

— Je veux dire, à propos de nous. Comment vas-tu l'annoncer ? Annoncer notre mariage ? Qu'as-tu prévu ?

— Mon communiqué de presse sera publié demain. Nous resterons ici, sans contact avec le monde extérieur, le temps que l'indignation générale se calme un peu. Puis je t'épouserai. Pas dans cette robe, ajouta-t-il en montrant la pile déchirée qui gisait sur le sol.

— Effectivement, plus rien ne peut la sauver.

Il la dévisagea un moment, et un sourire joua sur ses lèvres.

— Et plus rien ne peut *nous* sauver…

Sur ces mots, il l'attira dans ses bras pour l'embrasser avec ardeur.

Le lendemain matin, Luca se sentait plein d'une énergie nouvelle lorsqu'il ouvrit les paupières. Sophia était nue, douce et tiède, tout contre lui, un sein contre son bras ; paisiblement endormie, le halo de ses boucles sombres étalé sur l'oreiller.

C'était fait. Il était libre. Il avait tout détruit.

Il se sentait étrangement apaisé. Sa provocation était peut-être même assez puissante pour passer dans le royaume des morts et atteindre sa mère. Même elle n'aurait pas pu limiter l'impact d'un tel chaos.

Peut-être qu'insulter sa mère défunte n'était pas très charitable, mais il ne parvenait pas à formuler une pensée généreuse à son endroit.

Étrange qu'il pense si rarement à elle. Des jours, des années sans évoquer son visage. Il méditait souvent sur les plaies de son âme et sur leurs conséquences sur son présent, mais il avait toujours évité avec brio de s'attarder sur leurs origines.

Seulement, l'image parfaite et honorable qu'il avait minutieusement cultivée était sur le point de voler en éclats – et les événements des derniers jours l'obligeaient soudain à regarder le passé bien en face.

Personne ne peut rien savoir de Giovanni, tu m'entends ? Si ton père l'apprenait, notre mariage serait terminé. Et que penseraient les gens de toi, Luca ? Ils n'oublieraient jamais.

Il serra les dents et sortit du lit. Il s'arrêta devant la fenêtre et admira un moment l'océan en contrebas.

Il devait écrire le communiqué de presse.

Il fit volte-face et sortit de la pièce pour s'en charger immédiatement. Il en profita pour appeler son majordome, afin de lui faire passer ses directives. Si l'homme était choqué, il n'en montra rien ; mais il avait été engagé pour sa discrétion. Luca lui ordonna également de garder le secret de sa localisation.

Et maintenant, Luca devait décider de ce qu'il allait faire de sa fiancée. Voilà comment il devait considérer Sophia désormais ; jusqu'à ce qu'elle soit sa femme. Elle n'était plus sa demi-sœur.

À ses yeux, elle ne l'avait jamais été.

Mais cela signifiait qu'il devait apprendre à la connaître.

Pendant des années, il avait évité tout rapprochement, bien sûr, évité toute occasion d'encourager l'attraction qui frémissait en lui. L'expérience avait montré que ses efforts avaient été bien futiles. Et il s'apprêtait maintenant à l'épouser sans la connaître.

L'idée ne le troublait pas vraiment, mais il avait le sentiment que Sophia voudrait en savoir plus avant de l'épouser ; et ils devaient être capables de parler de leur relation, et de parler l'un de l'autre, sans qu'une distance malaisée leur fasse obstacle.

En l'emmenant sur cette île, il avait écouté ses instincts :

il l'avait isolée, gardée pour lui ; il l'avait empêchée d'épouser Erik. Mais il ne pourrait pas la garder ici pour toujours. Il leur fallait être liés par autre chose que le sexe et le scandale.

Quoique le sexe lui convînt parfaitement, pour le moment.

Le personnel avait laissé des croissants frais dans la cuisine, la veille, et il trouva un plateau de dattes, de fromage et de figues dans le réfrigérateur. Sur le comptoir, un pot de miel local. Il prépara une théière de thé vert et arrangea le tout sur un plateau avant de monter à la chambre. Lorsqu'il poussa la porte, Sophia se retourna en émettant un petit son ensommeillé. L'éclat encore rêveur de ses yeux s'aiguisa.

— C'est pour moi ? fit-elle en fronçant les sourcils.

— Oui, dit-il en s'asseyant au bord du lit.

Il sourit de voir ses yeux glisser subrepticement du plateau à son torse encore nu. Les joues roses, elle détourna immédiatement le regard ; mais il était flatté qu'elle le trouve si attirant. Que Sophia, si douce et si adorable, soit si visiblement affectée par sa présence.

Il balaya rapidement cette idée ridicule.

— C'est… gentil de ta part.

Elle se redressa contre les coussins en relevant les draps pour cacher sa poitrine.

— Qu'est-ce que c'est ? continua-t-elle en soulevant le couvercle de la théière, le nez plissé. Ce n'est pas du café.

— Tu es enceinte. Les femmes enceintes ne sont pas censées consommer de caféine.

— Pas *trop* de caféine. Cela ne veut pas dire que je dois… boire des herbes.

Elle avait l'air sincèrement horrifiée.

— J'ai essayé de faire au mieux. Je ne suis pas un expert.

— C'est nouveau, tiens.

— Quoi donc ?

Elle lui offrit un petit sourire malicieux, si complice qu'il se sentit fléchir.

— T'entendre admettre que tu ne sais pas tout.

— Sophia…, menaça-t-il.

— Tu ne peux pas dire le contraire !

— On m'a inculqué l'arrogance. C'est le privilège et le fardeau de la couronne.

— Oh ! Vraiment ?

— Personne ne veut d'un roi pusillanime.

— Peut-être. Personne ne veut d'un mari insupportable non plus, cela dit.

Ils s'observèrent en silence.

Sophia attrapa un croissant d'une main légère.

— Tu aimes le café, alors, dit-il soudain.

Elle haussa une délicieuse épaule nue. Il savait maintenant que sa peau était aussi veloutée qu'elle en avait l'air… Il aurait aimé la lécher. Il avait passé tant d'années à ne *pas* la lécher.

— Oui.

— Je l'ignorais.

— Ce n'est pas très original.

— Peut-être, mais nous n'avons jamais discuté de ce que tu aimes. Ou de ce que tu n'aimes pas.

Son air pensif aurait dû lui mettre la puce à l'oreille : après tout, Sophia n'était pas de nature docile.

— Eh bien, nous avons établi que j'aime le café. Je suis aussi extrêmement douée pour choisir des robes de mariée faciles à arracher à mains nues, et j'aime être kidnappée et embarquée contre mon gré sur des îles désertes à mes heures perdues.

Il plissa les yeux.

— Plus aventureux que la philatélie, tu dois l'admettre.

— Oh ! Tout à fait. Quoiqu'un timbre rare nous rapporte plus d'argent qu'une robe de luxe en lambeaux.

— Permets-moi d'en douter. Une fois que la nouvelle

de notre union aura fait la une des journaux mondiaux, je suis sûr que cette robe vaudra une petite fortune.

Les sourcils froncés, Sophia mordit dans une fraise.

— Les journaux mondiaux…, marmonna-t-elle.

— Malheureusement. Tu sais que nous n'avions pas le choix, Sophia. Pas d'autres choix.

Il voulait parler du bébé, et pourtant il avait le sentiment que ses mots portaient en eux une fatalité plus puissante, plus profonde.

— Nous avons essayé…

— Pas ce soir-là. Pas le soir du bal.

Elle leva les yeux vers lui, confuse.

— Vraiment ?

— Bien sûr, assura-t-il. Si j'avais *vraiment* essayé, je ne t'aurais pas touchée. Mais je t'ai suivie. Mon désir était devenu plus puissant que mon devoir, et je ne pouvais pas… Je ne pouvais pas supporter de te voir avec lui.

— Tu m'aurais vue avec lui hier, remarqua-t-elle en caressant une figue.

— Je suis venu. C'est tout ce qui compte.

— Luca…

Elle leva les yeux vers lui, incertaine.

— Pourquoi ton honneur est-il si important ? Bien sûr, tu es roi, mais il y a plus que cela. Plus que pour les autres chefs d'État, je crois. Je connaissais ton père, et je l'aimais comme s'il était le mien. Il était sérieux, et traitait sa position avec solennité. Il prenait soin de sa réputation, lui aussi. Mais pas comme toi. Tu fais tout avec une telle gravité… Et je…

Elle inspira profondément.

— En toute sincérité, je voulais garder le secret de ce bébé pour ne pas t'obliger à prendre cette décision. Je sais combien le pays et son opinion comptent à tes yeux…

— Pas plus que mon enfant, coupa-t-il, la gorge brûlante de colère. Rien ne compte plus que mon enfant, Sophia. Dès que les résultats du test ont atterri sur mon bureau, j'ai voulu découvrir la vérité. Et je n'aurais jamais sacrifié mon enfant sur l'autel de la renommée ou de la bienséance. Mon nom n'est qu'un nom. Le bébé que tu portes est mon sang.

Il inspira profondément.

— Quel héritage laisserais-je derrière moi, si je ne choisissais pas de protéger ceux qui viendront après moi ?

— Je suis… Je suis désolée, souffla-t-elle d'une voix pleine de sincérité. Tu as raison. Malgré tout ce que nous avons…

Elle ferma les yeux une seconde.

— Même si j'ai toujours été fascinée par toi, je ne te connais pas non plus.

Lorsqu'elle rouvrit les paupières, ses prunelles brillaient de larmes.

— J'ai pris des libertés parce que je pensais savoir comment tu réagirais, et j'ai eu tort.

— Non. Dans toute autre situation, j'aurais d'abord cherché à protéger mon honneur. Mais là, il s'agissait de mon enfant…

Bien sûr : c'était le point de rupture. S'il ne défendait pas bec et ongles sa réputation, cela signifiait qu'il avait enduré sans raison la trahison de sa mère, les ombres de son passé, et… Il ne pouvait pas admettre une chose pareille. Seul l'enfant pouvait justifier de mettre en péril la dignité de sa couronne. Il n'aurait pas supporté de faire subir à son héritier ce que sa mère avait allègrement autorisé pour lui.

— Bon. Qu'allons-nous faire aujourd'hui ? s'exclama soudain Sophia.

Son enthousiasme lui arracha un sourire.

— Je n'y ai pas vraiment réfléchi.

C'était faux. Il ne voulait qu'une chose, et c'était la déshabiller, lui arracher ce drap qui la couvrait ce matin et savourer sa beauté.

— Tes vêtements devraient arriver très bientôt. Et il y a la plage et la piscine.

— Ou le badminton. On y jouait, tu te souviens ?

— Tu te moques de moi…

— On est un peu isolés, ici, Luca. Je réfléchis juste à ce que nous faisions pour nous distraire.

Il leva vers elle un regard brûlant, et elle vira lentement à l'écarlate.

— Nous ne pouvons pas faire *ce genre de choses* sans arrêt, protesta-t-elle.

Il se pencha en avant et leva son joli menton de l'index.

— Pourquoi pas ?

Elle écarquilla les yeux.

— Parce que… Parce qu'on ne peut pas.

— Un argument sans réplique, fit-il en souriant. Mais nous avons passé des années sans faire *ce genre de choses*, et je pense que nous avons beaucoup de temps à rattraper.

— Eh bien…, renifla-t-elle d'un air mondain, cela ne se fait pas, voilà tout.

— Je t'assure, *cara*, cela se fait très bien.

— J'en *mourrais*, déclara-t-elle avec une certitude inébranlable.

Il ne put retenir son éclat de rire.

— C'est un peu alarmiste, tu ne crois pas ?

— Non, pas du tout. Tu étais là, les deux dernières fois, pas vrai ? Je n'arrive plus à respirer pendant l'heure qui suit, et je frôle la tachycardie. Si nous y passions la journée…

— Ce serait différent. Mais tout aussi intense.

— C'est toujours comme cela, alors ? Ou est-ce que la fièvre diminue petit à petit ? J'ai toujours l'impression que je suis sur le point de me briser. C'est la même chose, avec tes autres amantes ?

Il aurait pu lui mentir, mais à quoi bon ?

— Je n'ai jamais ressenti cela avec mes autres amantes. Je te l'ai dit : tu m'obsèdes depuis bien trop longtemps. Je n'ai jamais réussi à apaiser le besoin que j'avais de toi. Et avant toi, je ne savais même pas que ce besoin existait.

— Oh ! murmura-t-elle.

— J'ai souvent prié pour qu'une autre femme te remplace, mais ce n'est pas aussi simple.

Il secoua la tête.

— Il n'y a pas d'issue. Nous devons l'endurer.

— Peut-être après un match de badminton.

— Si tu oses me tendre une raquette de badminton, je la casserai en deux, menaça-t-il.

S'il avait le courage de détourner le regard d'elle, bien sûr. Il était de nouveau dur comme la pierre. Pendant une seconde, alors qu'un rayon de soleil faisait pleuvoir une poussière dorée sur le beau visage levé de Sophia et illuminait ses boucles sauvages, il retint son souffle, subjugué.

Elle était sienne. Cette idée lui faisait toujours l'effet d'une consécration.

Il se sentait proche de l'empereur Néron, occupé qu'il était à rire avec elle alors que Rome brûlait au loin ; mais après tout, Rome brûlerait de toute façon, alors pourquoi ne pas goûter au plaisir avant qu'il ne soit trop tard ?

— J'aimerais savoir quelque chose, dit-il.

— Si je prends du lait avec mon café ?

— Non. Pourquoi étais-tu vierge, Sophia ?

Elle amorça un mouvement de recul, une main pressée contre sa poitrine, et il fut touché par sa pudeur.

— C'est important ?

— Puisque tu poses la question, j'imagine que oui.

— Je n'ai jamais rencontré un homme qui… Luca, aucun homme n'est parvenu à m'émouvoir en m'embrassant, ou en m'étreignant, autant que tu le faisais avec un simple regard. Alors, à quoi bon aller plus loin ? Dans le lit d'un autre, je n'aurais pensé qu'à toi.

Ses mots l'émurent et le remplirent de honte. Un

brouillard sombre et familier roula le long de son échine. Oui. La honte était sa fidèle compagne – quant au sexe…

Il n'avait jamais envisagé de se priver de sexe. Il y avait d'abord été exposé contre son gré, et il avait ensuite résolu de prendre les devants. De choisir. Encore et encore.

Une façon comme une autre de creuser la distance entre lui et cette première expérience. De se prouver peut-être que chaque rencontre était différente.

Mais ce qu'il avait enduré cette nuit-là était laid et terrible ; un immonde jeu de pouvoir. Le refus odieux de respecter la liberté d'autrui.

— J'ai été avec d'autres femmes tout en pensant à toi, tu sais. Je fuyais parfois la comparaison en choisissant des compagnes qui n'avaient aucun point commun avec toi.

— Nous sommes très différents, lâcha-t-elle en souriant.

— Sophia… Je ne me suis jamais autorisé à te toucher pour beaucoup de raisons.

— Ta réputation, bien sûr.

— Ma réputation, et celle de San Gennaro, ne représente qu'une pièce du puzzle.

— Alors parle-moi du puzzle, Luca. Je pense qu'il est temps que je te comprenne, puisque nous allons nous marier.

— C'est… difficile. J'ai du mal à bien décrire la première fois que je t'ai réellement vue comme une femme. À exprimer le sentiment qui m'a frappé. Tu as toujours été… surprenante et indocile, mais je n'ai pas compris pourquoi cela me fascinait, ou me dérangeait, avant tes dix-sept ans. Soudain, toute ta vivacité, toute ton impulsivité embellissaient encore ce que tu étais devenue, et j'ai ouvert les yeux. Mais je savais que je n'avais pas le droit. Et j'ai décidé de t'écarter autant que je le pouvais. Je ne regrette pas cette décision ; je voulais simplement faire mon devoir. J'ai échoué, finalement. Et toutes ces années de distance et d'incompréhension stagnent maintenant entre nous. Oublions ce que nous avons été l'un pour l'autre jusqu'à aujourd'hui. Je pense que nous devons avancer, et je ne crois pas que nous trouverons des réponses dans notre passé.

Elle plissa les yeux et le dévisagea avec attention, sceptique. Il savait qu'elle n'était pas d'accord et qu'elle ne le croyait pas. Mais il ne voulait pas lui confier les noirceurs de ses souvenirs. Il ne voulait pas qu'elle le *connaisse*. Ils pourraient construire une vie ainsi ; une vie où leurs corps exulteraient ensemble et où elle se moquerait tendrement de lui. C'était une bien meilleure solution que ce qu'il envisageait encore quelques jours auparavant.

Il avait toujours considéré qu'il n'épouserait pas la femme qu'il voulait plus que tout ; et voilà qu'il était avec elle. Il ne servait à rien d'ouvrir la boîte de Pandore.

— Tu as une objection, *cara* ?

— Tu veux faire comme si nous ne nous connaissions pas ? Alors que nous avons passé la majorité de notre vie ensemble ? Tu ne veux pas regarder en arrière et comprendre qui j'étais ?

— N'est-il pas plus important de comprendre ce que nous sommes aujourd'hui ?

— L'un n'existe pas sans l'autre.

— Mon histoire ne t'apprendra rien, fit-il en haussant les épaules. Je suis né dans une famille royale. J'y mourrai sans doute.

— Tu as perdu ta mère quand tu avais seize ans. J'imagine que tu en as souffert.

— Oui, convint-il d'une voix coupante comme une lame.

Bien sûr qu'il en avait souffert ; mais peut-être pas de la façon qu'elle pensait. Pas d'une façon qu'il savait exprimer. Perdre quelqu'un qu'il était censé aimer, quelqu'un qu'il avait appris à haïr, était une douleur très particulière. Il s'était senti coupable. Si coupable… Comme si sa détestation avait empoisonné sa mère à petit feu. Comme s'il avait lui-même poussé la voiture à sortir de la route, ce jour-là.

— Peut-être que nous pourrions nous balader sur la plage, proposa-t-il brusquement. Qu'est-ce que tu en penses ?

Elle hocha lentement la tête.

— Avec plaisir.

Mais elle n'avait pas vraiment l'air convaincu.

Peu importait. Elle comprendrait bien vite que sa stratégie était la meilleure. Et si, de son côté, Sophia voulait s'ouvrir à lui, il se prêterait au jeu. En toute honnêteté, il était curieux, irrépressiblement curieux de la connaître.

Quoi qu'il en soit, il ne laisserait pas les histoires de son passé la hanter elle aussi. Un poison incurable coulait déjà dans ses veines, et il n'infecterait personne d'autre.

Sophia avait trop chaud après leur longue promenade sur la plage de sable blanc, à chercher paresseusement des coquillages colorés et baigner ses pieds dans l'eau claire.

Comme annoncé, ses vêtements étaient arrivés à la villa et elle avait pu passer une jolie robe blanche et légère. Ils avaient marché ensemble, et il ne l'avait pas touchée.

Luca, à vrai dire, ne l'avait *jamais* touchée dans un contexte platonique. Pas volontairement, en tout cas.

Il n'avait pas essayé de prendre sa main dans la paix solaire de l'après-midi ; il n'amorçait aucun geste d'affection. Si bien qu'elle décida finalement de prendre l'initiative, et glissa ses doigts entre les siens sur le chemin du retour.

Elle regretta presque aussitôt sa décision. Le geste était si… profond. Si étrange. Tenir la main de Luca. Comme s'ils étaient en couple. Pas des amants clandestins, mais quelque chose de plus doux, d'infiniment plus tendre.

Étrange, parce qu'il n'y avait pas de tendresse dans leurs interactions. Non, elle était injuste : Luca avait été attentionné ce matin, lorsqu'il lui avait monté le petit déjeuner au lit.

Lorsqu'ils arrivèrent à la villa, le dîner avait été servi sur la grande terrasse qui surplombait la mer. Des plats colorés, débordant de fruits de mer et de beaux légumes colorés, les attendaient sur la table. C'était un peu léger à son goût, mais, à la fin du repas, Luca disparut dans la cuisine et revint rapidement avec un dessert délicieusement décadent, une pâtisserie luxueuse à la crème, à la meringue et aux framboises.

Bercée par le bruit de l'océan tout proche, dans la tiédeur du soleil couchant, Sophia prit une bouchée du dessert en fermant les yeux. Le vent soufflait doucement dans ses cheveux et caressait sa nuque. Pendant une seconde, une angoisse foudroyante la traversa ; la peur insidieuse que tout cela n'était qu'un rêve, que Luca ne serait pas là si elle rouvrait les paupières. Qu'elle était en réalité en voyage de noces avec Erik, qu'elle avait construit une hallucination élaborée pour survivre au mariage.

Mais non. Lorsqu'elle leva les yeux, Luca était bien là. Il l'observait avec attention de ses belles prunelles sombres. Le soleil jetait des éclats pourpres sur ses pommettes hautes et soulignait la barbe naissante qui avait poussé sur sa mâchoire carrée. Il ne s'était pas rasé depuis leur arrivée.

Elle avait envie de le regarder se raser ou se brosser les dents. Savourer avec lui des moments d'intimité, de confort, de confiance. Elle voulait être proche de lui.

C'était triste, n'est-ce pas ? Elle avait fait l'amour avec lui plusieurs fois, et elle n'avait toujours pas le sentiment qu'ils étaient intimes. Il y avait comme un mur entre eux.

Sophia voulait connaître les origines de Luca, savoir comment il était devenu cet homme dur, mais bon, qui s'accrochait à ses principes avec l'immuabilité d'une statue d'airain. Il la fascinait, cet homme qui ne laissait libre cours à sa passion que dans son lit et retrouvait toute sa maîtrise de soi et sa réserve lorsqu'il sortait de l'intimité. Cet homme qui avait caché son désir pour elle pendant des années, sans fléchir.

Mais il ne *voulait* pas qu'elle apprenne à le connaître.

Elle savait maintenant pourquoi sa mère avait semblé si triste au téléphone : il ne s'agissait pas seulement des retombées médiatiques. Elle avait peur que sa fille souffre, emprisonnée dans un mariage où l'amour n'était pas réciproque. Luca ne voudrait jamais partager avec elle ce qu'elle voulait partager avec lui. Il la désirait, il voulait son corps ; mais le sexe était bien différent de la familiarité.

Elle l'avait compris lorsqu'elle avait mêlé ses doigts aux siens, sur la plage, et que son monde avait vacillé d'une façon unique, bien différente de l'extase charnelle.

Mais une chose était claire : c'était avec le sexe qu'elle parviendrait d'abord à l'atteindre. C'était ainsi qu'il baissait sa garde. Bien sûr, elle se laissait aussi emporter. Il la touchait… la bouleversait… plus merveilleusement que dans tous ses fantasmes. La vie l'avait couverte de cadeaux, et elle n'avait pas vraiment connu l'avidité, l'insatiabilité avant Luca.

Un sentiment d'urgence flottait dans l'air, après cette journée ensoleillée, cet après-midi passé ensemble sur la plage, ce dîner magique caressé par les embruns. Peut-être parce qu'ils s'étaient tenu la main, parce qu'ils avaient mangé ensemble. Peut-être parce qu'ils allaient se marier. Qu'ils allaient se promettre l'un à l'autre pour l'éternité.

Désirer Luca sans pouvoir jamais le lui avouer avait été une torture ; mais être avec lui de façon incomplète, comme aujourd'hui, était peut-être plus douloureux encore.

Ou du moins plus implacable. Elle ne pouvait pas ignorer le tourment lorsqu'il était sous ses yeux, lorsqu'elle partageait son lit.

Il était si beau, et physiquement il la transportait, mais

ce n'était pas suffisant. Il y avait quelque chose de *plus*, quelque chose qui lui échappait, elle en était certaine.

Elle avait vu la passion dans ses yeux ; elle l'avait *sentie*. Elle l'avait chevauché, s'était enfouie dans ses bras lorsqu'il criait son nom et s'abandonnait corps et âme à leur jouissance.

Elle voulait connaître *cet* homme-là hors de la chambre. Elle voulait briser le mur.

Et pour cela, elle devrait jouer sur son terrain de prédilection, et montrer peut-être plus d'audace que jusque-là. Elle lui avait dit la vérité : elle était restée vierge à cause de lui, à cause de ce qu'elle ressentait pour lui. Elle lui avait toujours été offerte. C'était lui que son corps avait attendu pendant des années, et elle n'avait pas besoin d'être timide. Pas avec lui.

— J'ai deux ou trois choses à régler, déclara Luca en se redressant. Je te retrouverai dans notre chambre.

Le sous-entendu était clair. Mais si Luca pensait qu'il pourrait garder le contrôle éternellement… Elle allait vite lui prouver le contraire.

10.

Jauger la réaction des médias avant de quitter l'île avec Sophia était peut-être une erreur. À quoi bon ? Il aurait pu ignorer le monde extérieur un peu plus longtemps. Concentrer toute son attention sur elle.

Mais non, le fardeau venimeux de la réalité revenait le hanter, et il avait besoin de savoir. Il avait eu l'intention de faire une rapide recherche pour voir si leur histoire faisait déjà la une de quelques magazines. Mais il avait sous-estimé l'intensité et l'abondance des réactions.

Les gros titres étaient scabreux.

SCANDALE AU PALAIS.

On parlait d'une liaison torride, presque incestueuse, entre le roi et sa demi-sœur, commencée en secret des années auparavant ; et du fiancé aimable et séduisant qu'on avait abandonné devant l'autel ; et du roi de San Gennaro, perdant enfin tout sens des conventions, ravissant son amante clandestine avant qu'elle ne puisse épouser un autre homme.

Un ou deux articles avaient choisi une tournure plus romantique et décrivaient des amoureux séparés par la tradition, et que le destin aurait enfin réunis.

La vérité se cachait quelque part entre les deux. Lui et Sophia n'étaient certainement pas amoureux, en tout cas.

Il laissa son regard voguer vers la fenêtre, sur la nuit sombre et scintillante. Comme sa relation avec Sophia.

Un voile de ténèbres piqueté d'étoiles. Étonnant, finalement, que l'obscurité, si omniprésente, ne parvienne pas à en dévorer la lumière.

Pendant une seconde, l'espoir monta en lui. Peut-être que Sophia ferait de même : peut-être que son éclat viendrait apaiser et illuminer *sa* noirceur.

Mais non. C'était un fantasme idiot. Il ne se laissait jamais aller à la rêverie. L'espoir, il le savait, était une chose bien dangereuse ; une force, peut-être, mais pour des hommes meilleurs que lui.

Soudain, la conscience aiguë des ténèbres qui béaient en lui le heurta de plein fouet. Il avait besoin d'aller retrouver Sophia ; besoin qu'elle le serre contre son cœur.

Quelle faiblesse… C'était lui qui devait la protéger.

Quelque part dans le granit qui avait toujours pesé sur sa poitrine, il y avait un reflet de douceur, juste pour elle. Une chaleur qu'il n'avait jamais vraiment remarquée. Il avait été trop occupé à fuir Sophia, bien sûr. À maîtriser les émotions qu'elle aurait pu faire naître en lui.

Mais il était libre, maintenant. Avec elle. Alors peut-être…

Les gros titres lui revinrent à l'esprit. Ce n'était pas juste, que Sophia subisse ainsi leurs attaques. Beaucoup d'horreurs avaient déjà été imprimées sur sa mère et sur elle lorsqu'elle était enfant. Depuis, petit à petit, l'opinion avait tourné en leur faveur ; et certains journalistes avaient comparé le mariage de son père à une roturière à un conte de fées. Il doutait que ce genre d'analogie soit possible, cette fois-ci.

Dans le monde des contes, après tout, les demi-frères sont toujours mauvais et n'ont jamais de fin heureuse. Certainement pas avec la princesse de l'histoire.

Non, leur idylle appartenait à un monde sombre et tortueux, où l'obsession et la turpitude régnaient en maîtres.

Il sortit du bureau et traversa le long couloir jusqu'à

la chambre qu'il partageait avec Sophia. Peut-être ne l'avait-elle pas attendu ; peut-être dormirait-elle déjà.

Il poussa la porte sans frapper ; elle n'était pas sur le lit. Elle n'était… nulle part. Il fronça les sourcils.

Puis il leva les yeux et vit sa silhouette se découper à l'entrée du grand balcon, où trônait cette immense baignoire qui avait peuplé nombre de ses fantasmes.

Elle ne portait rien d'autre qu'une robe blanche, diaphane, vaporeuse comme un voile. Même dans la pénombre, il pouvait deviner l'ombre de ses tétons, et celle entre ses cuisses.

— Que fais-tu ? demanda-t-il.

Ses boucles brunes ondoyaient autour de son visage et ses courbes exquises l'attiraient comme un aimant.

Chaque fois qu'ils avaient été ensemble, ils s'étaient montrés frénétiques, comme s'ils avaient eu peur que l'autre reprenne ses esprits et se retire. Mais ce soir, l'air entre eux était différent. Dans les yeux de Sophia, il y avait une lueur de séduction.

Il jura tout bas et entreprit de retirer son T-shirt, mais elle leva une main délicate.

— Pas si vite.

— Ne me provoque pas, menaça-t-il en avançant d'un pas.

— Je ne veux pas te provoquer.

— Alors pourquoi me demandes-tu de ralentir ? Tu sais très bien que je ne pense qu'à t'arracher cette robe.

— Luca, tu ne peux pas continuer à déchirer mes vêtements.

— Peut-être que je n'aime pas le blanc sur toi. Ou bien, je n'aime tout simplement pas que tu portes des habits. Tu sais, je me suis souvent demandé pourquoi je détestais l'image que le styliste de ta mère avait créée pour toi. Maintenant, je comprends : je te préfère nue.

Elle baissa les yeux, juste une seconde, et ses longs cils sombres papillonnèrent sur sa pommette soyeuse.

Peut-être n'était-elle pas aussi assurée qu'elle voulait le lui faire croire.

Mais lorsqu'elle releva ses prunelles éclatantes, elles le défiaient sans ciller. Sophia. La bravade incarnée.

— Je me déshabillerai pour toi avec plaisir, Luca.

La forme de ses lèvres autour de son nom envoya une trépidation brûlante dans son abdomen, comme si elle avait fait glisser sa langue sur lui.

— Mais ?

— J'exige une contrepartie.

— Une contrepartie ?

Il haussa les sourcils et laissa le roulis des vagues et le rythme de son pouls rugir à ses oreilles.

— Comme c'est intéressant, lâcha-t-il finalement. Que puis-je faire pour toi ? M'agenouiller et te vénérer peut-être ? Je serais enchanté de passer la nuit entre tes cuisses, tu sais.

— Oh ! Non, ce serait trop facile pour nous deux. J'enlèverais cette robe en échange d'une seule chose.

— Je t'écoute.

— Je veux que tu m'avoues quelque chose que tu n'as jamais dit à personne. Tu préfères peut-être faire semblant de ne pas me connaître, Luca, mais cela ne me suffit pas.

Son estomac se crispa. Évidemment. Une seule chose lui était venue à l'esprit, brutale comme un coup de tonnerre. Aucun être vivant ne savait ce qui lui était arrivé, quoique à l'époque quelqu'un eût partagé son secret.

Non, il se trompait peut-être : après tout, Giovanni était sûrement encore en vie. Il ne voulait pas d'informations sur lui. Il espérait qu'il était mort, néanmoins. Dans le cas contraire, il aurait été trop tenté de l'étrangler de ses propres mains.

Au milieu du scandale que sa vie sexuelle avait embrasé, peut-être qu'un meurtre passerait inaperçu.

Mais peu importait : il ne pouvait pas en parler à Sophia.

Il serra les dents et fouilla son esprit à la recherche

d'une confession inoffensive. Un rien ferait l'affaire. Il voulait simplement qu'elle s'offre à lui.

— La première fille qui m'a plu n'a pas voulu de moi.

Il ne pensait que rarement à cette soirée, à ce bal. Avant qu'il ne soit violé. Quand tout était si simple, et qu'il était encore si innocent.

— Quoi ?

— Je l'ai rencontrée à un bal que mon père avait organisé. Il avait invité des dignitaires des quatre coins du monde.

Ce qui avait permis à sa mère d'introduire son amant dans le palais. Un homme que Luca avait rencontré plusieurs fois et qui lui avait inspiré un sentiment terrible, malaisé.

Il avait deviné que la relation de Giovanni et de sa mère n'était pas innocente ; mais il s'était demandé, plus tard, si ce malaise diffus n'avait pas été une intuition. L'avertissement que Giovanni était un prédateur et qu'il avait déjà jeté son dévolu sur lui.

— Elle s'appelait Annalise. Elle était très belle. Son père était ambassadeur au Maroc et ils avaient été invités au grand bal. Elle m'a hypnotisé immédiatement. Elle a refusé de danser avec moi. Mais ensuite, nous avons discuté un peu, et nous nous sommes promenés dans les jardins. J'ai essayé de l'embrasser à ce moment-là, mais elle m'a envoyé dans le rosier à la place.

Sophia laissa échapper un petit rire surpris.

— Mais tu étais le prince !

— Et elle n'était pas particulièrement impressionnée.

— Quel âge avais-tu ?

— Seize ans. Je crois qu'elle en avait dix-huit.

— Oh non… Tu visais trop haut, Luca.

— J'espérais qu'être le prince du palais me conférerait un avantage.

Sophia gloussa, le visage incliné, et son expression lui donna l'air juvénile. Il eut soudain l'impression d'être jeune, lui aussi. Comme s'il était encore l'adolescent de ce soir-là. Naïf. Plein d'espérances. Prêt à aimer et être aimé. Prêt à vivre, et encore inconscient que la trahison de sa propre mère le briserait.

L'existence lui paraissait si facile, à cette époque. Scintillante et dorée. Une vie de privilèges et de luxe, celle d'un prince qui avait le monde à ses pieds.

— Je l'aime bien, déclara Sophia. Elle n'était pas séduite par ton titre.

— Je pourrais dire la même chose de toi, n'est-ce pas ?

Il fit un pas en avant ; elle fit un pas en arrière.

— Oui. En toute honnêteté, ton titre est plutôt un obstacle qu'un atout, à mes yeux. Imagine comme la vie aurait été tranquille, si nous nous étions rencontrés dans des circonstances différentes.

— Tu aurais tout de même été plus jeune que moi. Je t'aurais regardée différemment à cette époque.

— Très bien. Qu'est-ce que tu aurais fait si tu m'avais rencontrée quand j'avais dix-sept ans, alors ?

— Peut-être que je t'aurais demandé ton numéro de téléphone.

Elle rit.

— Oh ! C'est si délicieusement trivial. Nous n'avons jamais pu nous permettre d'être aussi ennuyeux, toi et moi.

— C'est vrai, dit-il.

— Je te préviens, cette soirée ne sera pas ennuyeuse non plus.

— Nous continuons comme nous avons commencé, alors.

— Tout à fait.

— Et ta robe, Sophia ? J'ai payé mon dû. J'ai droit à ma récompense.

Elle ne répondit pas, mais leva une main pour faire glisser sa fine bretelle le long de son épaule. Elle fit de même pour la seconde. L'étoffe vaporeuse flottait délicatement, à peine retenue par sa poitrine généreuse. Il aurait aimé l'arracher d'un geste sec et exhiber son corps à son regard affamé.

Mais c'était le jeu de Sophia, et il était son captif. Impatient d'en découvrir les règles.

Personne n'osait jamais défier l'homme qu'il était devenu, et il s'en satisfaisait très bien. Mais Sophia… Sophia osait. Jusqu'où irait-elle ? Il était avide de tester son courage.

— Tu devais retirer la robe entière, insista-t-il.

Il était toujours planté à quelques pas d'elle, les poings serrés, et son cœur battait à lui briser les côtes.

Elle le rendait… Elle le rendait fou. Sauvage. Et il ne s'était pas abandonné ainsi depuis très, très longtemps.

— C'est vrai, rétorqua-t-elle. Mais je vois que tu es toujours entièrement vêtu, Luca. Et tu as également gardé tes habits la première fois que nous nous sommes touchés, alors que je…

— Tu portais toujours ta robe. Techniquement.

— J'étais très exposée.

— C'était pour mieux te savourer, *cara*.

Elle frissonna, et il sourit.

— C'est à moi de te savourer, maintenant. Déshabille-toi, ordonna-t-elle.

Elle releva le menton avec un regard de pur défi. Mais il sentait que l'insolence de sa délicieuse *cara* chancellerait bien vite s'il obéissait à sa demande. Elle jouait avec le feu ce soir. Elle était généreuse et enflammée dans ses bras, mais elle était toujours inexpérimentée.

Pour encore combien de temps ? Combien de caresses, combien de baisers ? Combien d'heures passées au lit avec lui suffiraient à éclipser cette ingénuité ? Cette innocence ? Combien d'heures avant qu'elle ne parvienne à soutenir son regard pendant l'extase et cesse de rougir lorsqu'il lui murmurerait des mots érotiques à l'oreille ?

Il voulait être témoin de sa progression, mais il n'était pas impatient. Il voulait se délecter d'elle à chaque étape.

Plus encore, il adorait l'idée qu'il verrait son évolution. Il avait cru qu'il devrait toujours se contenter d'une étreinte esseulée, dans un jardin sombre.

Il fit passer son T-shirt par-dessus sa tête et le jeta sur le sol, puis retira ses autres vêtements jusqu'à ce qu'il soit nu et immobile devant elle. Comme il s'en était douté, elle réprima tant bien que mal un subtil mouvement de recul ; elle semblait toujours trouver sa nudité difficile à affronter.

Il écarta les bras.

— Me voilà à ta merci, *cara mia*. Où est ma récompense ?

Elle se détourna soudain, et le frisson qui parcourut ses épaules blanches trahit son émotion. Mais avec une inspiration profonde, elle releva résolument les bras, et la robe diaphane glissa sur sa taille, dévoilant la ligne élégante de son dos, les fossettes jumelles de ses reins, la courbe de ses fesses toujours couvertes par le drapé immaculé.

Il serra les dents et se retint. Il aurait voulu la rejoindre et prendre les devants. Il en mourait d'envie. Il se força à attendre. Attendre encore.

Elle baissa les mains sur ses hanches et guida la robe le long de ses jambes fines, de sa chair tentatrice, et à cet instant-là seulement il perdit le contrôle.

Il traversa l'espace qui les séparait encore à pas silencieux, en prenant garde de ne pas faire de bruit, et lentement, très lentement, il poussa ses boucles brunes de côté, dégagea sa nuque pâle et l'embrassa.

Il pressa sa bouche contre sa peau tendre. Sophia poussa une exclamation basse, mi-souffle, mi-gémissement. Il recula en frôlant ses omoplates de ses doigts, puis suivit le relief de son échine. Elle trembla, et ses hanches ondulèrent, alors il attrapa son flanc pour l'immobiliser de sa main libre tandis que ses doigts continuaient leur cheminement jusqu'au cœur chaud et moite qui n'attendait que lui.

Il remonta pour empoigner une fesse ronde et la serra fermement ; son autre main avait glissé de sa hanche à son ventre et la fit reculer d'un pas pour la serrer contre lui, contre son érection.

— Je n'ai plus envie de jouer, chuchota-t-il à son oreille avant de capturer son lobe entre ses dents.

Elle s'arqua en arrière, ses fesses adorables pressées contre lui.

— Si tu continues, Sophia, tu vas me pousser à bout.

— Peut-être que c'est le but.

— Je ne pense pas.

— Je ne veux pas que tu te retiennes et que tu sois précautionneux, Luca. Je sais que tu es un homme d'honneur, mais je ne crois pas que l'honneur ait sa place entre nous.

Elle fondait contre lui, chair contre chair, et renversa sa tête sur son épaule.

— Après tout, il n'y a pas vraiment la place pour quoi que ce soit entre nous. Juste nos corps, et ta peau contre la mienne.

Il laissa sa main glisser jusqu'à son intimité, et le frôlement de ses boucles sombres lui sembla plus érotique qu'une vie entière de débauche.

Il effleura ses lèvres sensibles et brûlantes et insinua ses doigts en elle. Elle s'abandonna contre lui avec un soupir.

— C'est donc cela ? Tu me voudrais incontrôlable et incontrôlé ? Ne sais-tu donc pas que je le suis depuis que j'ai posé mes mains sur toi dans le jardin ?

— Tu te contrôles bien plus que je ne le voudrais.

— Mon contrôle peut te procurer beaucoup de plaisir, tu t'en apercevras vite.

Il prit son sein en coupe pour titiller son téton du pouce, et frotta sa joue rugueuse contre la peau veloutée de son cou, de son épaule douce. Elle gémit. Le contrôle, dans ce contexte, ne paraissait pas lui déplaire.

— Sophia, tu me domines depuis bien trop longtemps.

Tu voles mes pensées et toute ma concentration quand tu marches, quand tu souris, quand tu respires.

— Tu as dit que j'étais une maladie pour toi.

— C'est vrai, dit-il en embrassant son épaule. Et il n'y a pas d'antidote. Je suis à l'article de la mort. Mais cela ne me dérange pas.

— Je ne sais pas trop ce que je…

Elle laissa échapper un soupir lorsque ses doigts s'enfouirent plus profondément en elle.

— … dois penser de cela.

— Ne pense plus, rétorqua-t-il en pressant son bassin contre le sien. Laisse-toi aller au plaisir que je veux te donner.

Elle attrapa la main qu'il avait posée sur son sein, comme pour le supplier, comme si leur étreinte était trop difficile à supporter. Sans ralentir le rythme de ses doigts entre ses cuisses, il saisit la paume douce dans sa main libre et ramena son bras contre ses reins, entre leurs deux corps ; d'un geste impérieux, il menotta ses deux poignets.

— Tu me fais prisonnière, maintenant ?

— Ce n'est que justice. J'ai été ton captif pendant des années.

— Luca, murmura-t-elle, et dans son nom résonnait tout le vertige de sa défaite.

Avec patience, il frotta ses doigts au centre de son plaisir avant de l'explorer plus rapidement, plus profondément, encore et encore. La jouissance la submergea dans un tremblement qui le secoua à son tour, et ses muscles brûlants pulsèrent longtemps autour de ses phalanges.

Il la fit avancer sur le balcon, jusqu'au bord du bassin. Il resserra son étreinte et la souleva pour la déposer dans l'immense baignoire emplie d'eau tiède. Et voilà qu'ils étaient de nouveau unis sous les étoiles. Mais cette fois, il n'y avait personne d'autre. Pas de salle de bal. Pas de témoins potentiels. Seuls au monde.

Il s'assit au bord du bassin et guida ses jambes fuselées autour de sa taille, la pressant contre son membre.

— Ici, tu peux crier. Il n'y a que les étoiles.

Les étoiles. Cette brillance. Sa brillance – Sophia.

— Alors fais-moi crier, souffla-elle, le sourire aux lèvres.

Il attrapa ses fesses à pleines mains, et elle enlaça étroitement sa nuque tandis qu'il traversait le bassin ; le glissement souple de l'eau sur leurs peaux aiguisait encore la sensualité de l'instant.

— Tu veux crier ?

Il s'arrêta devant le bord de verre qui surplombait la mer et la retourna pour qu'elle se place devant lui, face au reflet argenté de la lune sur les vagues en contrebas.

— Accroche-toi au bord, ordonna-t-il.

Elle lui obéit sans broncher, bien que ses mains aient bougé avec hésitation. Elle était confuse ; elle comprendrait vite.

Il guida son érection entre ses cuisses et la pénétra d'un coup de reins vigoureux. Elle gémit en se penchant en avant, ses seins contre le verre, les mains crispées sur le bord. Sans douceur, il attrapa ses boucles sombres et tira son visage en arrière pour embrasser sa gorge, pour mordiller sa peau, tandis que l'eau ondulait autour d'eux. Il la chevaucha ainsi, sans desserrer son étreinte, les doigts crispés dans ses cheveux, sur un rythme fiévreux qui déroulait une langue de feu le long de son échine et l'embrasait tout entier, à l'instar d'une rivière de lave.

Il sentit ses cuisses trembler alors qu'elle approchait de l'extase, et il reprit le chemin de son intimité pour caresser son point le plus sensible, alors même qu'elle se laissait submerger par la jouissance. Encore et encore jusqu'à ce qu'elle crie à s'en briser la voix, dans la nuit claire, au-dessus de l'océan, vers les étoiles.

Dans les ténèbres. Ses ténèbres.

Et lorsque sa propre retenue céda, il l'enserra contre

lui avec ferveur et se laissa aller en elle – désespérément, avidement, absolument, au-delà des cimes du plaisir, une exaltation aiguë comme l'éclat d'un couteau, prête à transpercer sa peau et le faire saigner.

Là, devant elle, il était abandonné et vaincu, et il ne pouvait rien faire pour combattre cette abdication. Il tendit la main pour s'accrocher au bord du bassin, le temps de reprendre son souffle. Elle plongea son regard dans le sien, par-dessus son épaule. Elle était… Elle avait l'air aussi dévasté que lui, et il ne pouvait ignorer ce qui brillait dans ses prunelles. Le besoin d'être avec lui.

Il referma ses bras autour d'elle et la serra contre lui en sortant du bassin. Une grande serviette douce les attendait sur un banc tout proche, et il l'enveloppa autour d'elle avant de la porter dans la chambre et de la déposer sur le lit.

Il ne prit pas la peine de se sécher et se coucha contre elle alors qu'elle s'emmitouflait dans le tissu-éponge. Elle roula sur le dos et poussa un long soupir. Elle avait serré la serviette sur sa poitrine, mais les pans s'écartaient au-dessus de son nombril et révélaient l'adorable triangle entre ses cuisses.

— Luca…, murmura-t-elle. Pourquoi ai-je l'impression que ce n'est pas le secret d'Annalise qui se dresse entre nous ?

11.

— Je ne vois pas ce que tu veux dire.

— Ce n'est pas ton secret. Tu n'en as peut-être jamais parlé à personne, mais c'est parce que ce n'est pas important. Je crois qu'il y a quelque chose d'important. Quelque chose dont tu ne parles pas parce que c'est trop difficile pour toi.

Elle se tourna sur le flanc, les yeux fixés sur lui, de son regard bleu et trop perspicace. Il se sentait… nu devant elle. C'était ridicule, puisqu'il était nu depuis déjà un bon moment. Et pourtant, brusquement, il avait l'impression qu'elle voyait à travers lui, qu'elle pouvait fouiller son âme et débusquer les secrets qu'il avait si bien dissimulés.

— Je ne veux pas en parler maintenant.

— Alors quand ? Nous allons devoir passer notre vie ensemble, tu sais. Tu t'abandonnes avec mon corps, et c'est une chose merveilleuse, mais ce n'est pas suffisant.

Il grogna tout bas et roula sur elle en pressant ses paumes sur ses épaules.

— Ce que je porte en moi… Toutes ces ombres… Tu n'as pas envie de les connaître. Cela ne t'apportera rien.

La honte, viscérale, sinuait sur sa peau comme une onde visqueuse.

Il réalisa soudain, dans un violent éclair, qu'une angoisse implacable se terrait en lui. Luca était un homme séduisant, et il le savait ; les femmes aimaient sa beauté, le corps qu'il sculptait avec application et ses prouesses sexuelles ; et elles gravitaient autour de son argent et de son titre.

Mais peut-être que les mots que sa mère avait prononcés, après cette nuit-là, avaient laissé en lui un gouffre plus profond qu'il ne l'avait imaginé. Que chuchoterait-on sur son passage ? Que présumerait-on ? Que songerait Sophia ? Elle serait horrifiée et écœurée, si elle savait la vérité. Si elle découvrait ce qu'il avait subi. Si elle découvrait qu'il n'avait pas su se défendre. Serait-il souillé à ses yeux ?

Mais se sentir si vulnérable était une inacceptable faiblesse. Il voulait faire semblant que le passé ne le touchait pas ; qu'il en était sorti grandi, plus fort, prêt à se protéger. Il voulait croire qu'il avait choisi comment l'expérience l'avait affecté et influencé. Mais à cet instant précis, il ne parvenait pas à s'accrocher à ses illusions, et s'il devait en vouloir à Sophia, c'était pour cela avant tout.

— Veux-tu savoir pourquoi notre réputation est si importante à mes yeux ?

Les mots lui brûlaient la gorge et la langue.

Il ne voulait pas en parler, mais le secret lui faisait l'effet d'un terrible fardeau, et son poids insoutenable menaçait de l'écraser. L'acte avait été intolérable ; et lui accorder un semblant de pouvoir le serait plus encore. Luca n'admettrait pas que ce souvenir prenne l'ascendant sur lui.

Il voulait le réduire à néant. L'exprimer à voix haute aurait dû être facile, anodin. Mais s'il devinait un éclair de dégoût ou de pitié dans les yeux de Sophia…

Le regard lumineux qu'elle posait sur lui était trop difficile à soutenir. Qu'importe ! Si elle le désirait encore, après tout, c'était tout ce qui comptait, n'est-ce pas ?

— Ma mère avait des amants, déclara-t-il d'une voix distante. J'imagine que tu ne le savais pas ?

Sophia fronça les sourcils.

— Je n'ai jamais entendu ma mère ou ton père parler de sa première femme.

— Oui, et ce n'est pas parce qu'il était brisé par le deuil. Il a dû souffrir de sa mort, dans une certaine mesure, mais ils ne s'aimaient plus depuis longtemps lorsqu'elle est morte. Peut-être ne se sont-ils jamais aimés. Je pense…

Il s'interrompit soudain, frappé par une révélation.

— Je pense que ta mère était sa première véritable expérience amoureuse. C'est sans doute pour cela que leur lien était si puissant, pour cela qu'il n'a pas voulu se plier à la bienséance. Il avait déjà vécu un mariage de convenance.

— Tu… Tu savais qu'elle avait des amants. Mais tu devais encore être un enfant.

— J'étais très jeune. Au début, je ne m'étonnais pas de ses compagnons, même si elle invitait des hommes au palais quand mon père était absent. Nous recevions souvent des visiteurs de marque, après tout. Mais je savais, d'une certaine façon, qu'ils étaient différents. Je ne pouvais pas ignorer le comportement de ma mère avec eux. La plupart ne me prêtaient pas attention. Sauf un. Il essayait souvent de me parler, de cultiver une relation avec moi. J'avais seize ans.

— Juste avant qu'elle meure, murmura Sophia.

— Oui. Giovanni était le dernier. C'était… Comme si tout avait convergé, cette année-là. Tu te souviens du bal dont je t'ai parlé ?

— Celui avec Annalise.

— Oui. Peut-être que je me souviens d'elle avec tant d'acuité parce que j'ai l'impression que ma vie s'est scindée en deux ce soir-là. L'avant, et l'après. J'étais très différent, à cette époque. Juste un gamin. Protégé du monde, défendu par les murs du palais. Oui, j'avais été très protégé jusque-là.

Il ne voulait pas que Sophia le touche pendant qu'il

relatait son histoire. Il s'écarta prestement et creusa un gouffre entre leurs corps. Elle sembla comprendre : elle ne bougea pas. Elle resta immobile, à l'endroit où il l'avait couchée quelques minutes plus tôt.

— Ce soir-là, après le bal… Giovanni m'a offert un verre. C'était étonnant, car il faisait semblant de ne pas me connaître en public, d'habitude. Pourquoi aurait-il risqué une quelconque indication de sa relation avec ma mère ? Mais j'ai pris le verre. Je me suis senti… exténué. Je me souviens d'être parti tôt. J'imagine qu'il a profité du fait que les invités avaient le droit de marcher dans les couloirs, d'explorer le palais. C'était normal. Tout le monde avait été personnellement approuvé par la famille royale, après tout.

— Luca…, souffla-t-elle. Que s'est-il passé ?

Il devina la perplexité et une horreur naissante dans sa voix. Elle n'avait pas encore deviné, mais elle était déjà submergée par le malaise. Et la peur, peut-être.

Il inspira profondément, ferma les yeux.

— Il a abusé de moi.

Un goût métallique inonda sa bouche. Les mots étaient laids, transparents. Aucune échappatoire. Et ils étaient si difficiles à prononcer, car la notion de *victime* se cachait dans leurs replis, et il ne pouvait le supporter.

— Il t'a…

Il la coupa :

— Je pense que tu connais la réponse.

Elle ne dit rien, et un silence lourd s'installa entre eux pendant que les fragments de ses souvenirs filaient dans son esprit. Des fragments seulement. C'était une bénédiction, en quelque sorte. Un brouillard étrange et irréel, engendré par la drogue que Giovanni avait glissée dans son verre.

— Il n'a pas été arrêté ? Pourquoi ne t'a-t-on pas protégé ?

— Cela ne s'est jamais reproduit.

Il avait tout révélé à sa mère ; il ne pouvait en parler à personne d'autre. Comment aurait-il pu aller voir son père, alors que le coupable était l'amant de la reine ? Il ne voulait pas trahir son secret. Il était persuadé qu'elle saurait quoi faire ; qu'elle saurait le défendre.

Mais elle ne l'avait pas aidé. Pas vraiment.

Elle s'était simplement assurée que Giovanni ne mettrait plus les pieds au palais. Une protection de fortune. Elle avait coupé les ponts avec lui, mais elle n'avait pas cherché à le punir. Pour préserver sa propre réputation.

— La réputation de notre nation, dit-il, la gorge nouée. C'était le plus important.

— Bien sûr que non. Comment peux-tu dire une chose pareille ? Le plus important, c'était ta sécurité et te rendre justice.

Une moue de dégoût crispa la jolie bouche de Sophia ; peut-être pour ce qu'il avait enduré plutôt que pour lui-même, mais sa répulsion le poignarda malgré tout.

— La nation passe avant l'individu, Sophia.

— Tu as été violé.

Le mot tabou le frappa comme un coup de fouet.

— Et comment le pays aurait-il réagi ? Devant un futur roi qui aurait été agressé ? Un roi devenu victime ? Plaqué de force dans sa propre chambre et… Non. Il fallait garder le silence. Ma mère m'a expliqué pourquoi.

— Ta *mère* ?

— Peu importe, Sophia. Elle avait raison. Cette histoire m'aurait suivi toute ma vie. Elle aurait façonné mon image. Personne n'aurait oublié ce scandale. Avouer une faiblesse de cette ampleur…

— Ce n'est pas une faiblesse, protesta-t-elle. Tu n'es pas faible. Ce n'est pas… Luca, tu as été drogué.

— Justement. Un simple verre, et voilà que le trône tombe à genoux. Attaquer un souverain si vulnérable serait…

— Non, coupa-t-elle.

— Je sais. Crois-moi. Je suis bien conscient de ce que je *pouvais* et ne pouvais pas faire pour me défendre. Mais tu ne peux pas empêcher les gens de spéculer, Sophia.

— Luca…

— Je t'ai confié mon secret. Tu me l'as demandé. Tu as insisté. Ne me trahis pas maintenant, martela-t-il.

Une pointe de culpabilité le traversa aussitôt. Bien sûr qu'elle ne le trahirait pas. Elle l'observait avec une émotion douloureusement sincère. Sa mère ne l'avait certainement jamais regardé comme cela. Celle-ci avait été horrifiée, oui, mais plutôt par les conséquences hypothétiques d'une telle situation que par ce qu'il avait subi. Les conséquences… pour elle.

Il détestait cette conversation, il détestait cet instant. Tout cela n'avait aucun sens. Il préférait enterrer sa souffrance. Il en avait tiré les leçons nécessaires sans regarder en arrière. Il ne voulait pas continuer de frapper des cadavres et combattre des fantômes. Tous ces efforts seraient vains, quoi qu'il fasse. Il ne pouvait pas corriger le passé.

— Suis-je un roi puissant, Sophia ?

— Oui, murmura-t-elle.

— Et serais-je aussi puissant et aussi fort aux yeux du peuple s'ils connaissaient mon secret ?

— Tu devrais l'être, oui.

— Mais le *serais-je* ? Tu ne peux pas te contenter de rêver. Dans un monde idéal, je n'aurais pas été abusé de cette façon. Je ne peux me fonder que sur la réalité, et je n'avais pas le droit de prendre le risque. Pourquoi penses-tu que j'ai lutté si longtemps pour rester loin de toi ? J'ai une réputation. Le pays a une réputation. Et celle de la couronne actuelle s'est construite sur mon silence. Je l'ai fait voler en éclats en partant avec toi.

— Luca, tu ne peux pas porter ce fardeau tout seul. Tu ne peux pas contrôler ce que les gens penseront de toi. Mais tu es un homme bon, et c'est ce qui compte.

Pas l'opinion générale, mais ce que tu fais réellement pour le pays.

— C'est ce que tu penses. Mais le statut et la position du pays sont profondément affectés par la façon dont mon peuple me perçoit. Par la presse. Aujourd'hui, j'ai choisi mon enfant. Je ne peux pas le décevoir. Mais à l'époque…

— Tu aurais dû te choisir toi-même. Te défendre.

C'était sa mère qui ne l'avait pas choisi, en l'occurrence. Mais il ravala de justesse sa réplique amère. Il avait déjà exhibé son âme, il avait déjà confessé une faiblesse, une honte qui lui retournait l'estomac ; il n'avait pas besoin d'expliquer en détail sa relation avec sa mère.

— J'ai choisi San Gennaro, rétorqua-t-il.

— Luca…

Il sortit du lit d'un mouvement brusque.

— J'ai du travail.

— Il est tard.

— Cela ne peut pas attendre.

Il n'y avait pas de travail, bien sûr. Il avait besoin de prendre ses distances. Il ne voulait pas qu'elle le touche. Il voulait seulement rester seul, seulement oublier cette conversation.

Il avait cru… qu'elle se détournerait de lui. Qu'elle voudrait s'éloigner. Mais non, encore une fois, elle l'avait surpris, et il…

Il se rhabilla rapidement et quitta la chambre en ignorant ses protestations. Il repoussa ses cheveux en arrière et s'arrêta soudain dans le couloir sombre. Son cœur battait la chamade. Il l'avait dit. Il avait prononcé les mots fatidiques. Peut-être… Peut-être qu'ils avaient perdu de leur venin, désormais.

Il reprit sa route vers son bureau. Son téléphone vibrait sur la table lorsqu'il poussa la porte.

C'était sa belle-mère. Il décrocha.

— Il est tard, déclara-t-il sans préambule.

— Il faut que tu rentres.

— Je suis occupé, pour le moment.

— Luca. Je ne te le demanderai pas si ce n'était pas absolument nécessaire. La situation nous échappe, ici. Tu ne peux pas laisser le pays se gouverner seul.

— Et Sophia ? C'est pour la protéger que nous sommes ici.

— Alors laisse-la là-bas. Viens affronter les conséquences de tes actes sans elle.

— Tu sais que c'est impossible. Si nous rendons notre relation publique, nous devons le faire ensemble.

— Peut-être. Mais… Luca, je t'en supplie, ne lui fais pas de mal. Elle ne vient pas du même monde. Même si elle y a vécu pendant plusieurs années… Elle ne sait pas que le devoir doit passer avant tout. Pour elle, c'est l'amour qui prendra toujours le dessus.

Il en était conscient. Après tout, elle n'avait même pas voulu admettre le comportement de sa mère envers lui, malgré ses explications.

— Je te le promets, dit-il.

— J'aimerais pouvoir te croire.

— Je vais l'épouser. Je ne l'abandonnerai pas.

— C'est justement ce qui m'inquiète. Tu sembles penser qu'une cérémonie suffira. Mais il y a tellement plus que cela, Luca.

— De quoi parles-tu ?

Elle garda le silence quelques secondes, puis :

— Reviens vite.

— Mon avion sera prêt à l'aube.

12.

Quelque chose n'allait pas. Luca était planté près du lit, le visage fermé, seulement vêtu d'un pantalon sombre et les bras croisés sur son torse nu. Sophia frotta ses paupières encore lourdes de sommeil.

— Que se passe-t-il ? dit-elle en se redressant immédiatement.

Les confessions de la veille lui revinrent avec la force d'un coup de tonnerre. Ce qu'il avait enduré aux mains de l'amant de sa mère. Luca était parti, après lui avoir révélé ce drame si personnel. Son départ l'avait fait souffrir, même si elle en comprenait la nécessité.

Et pourtant… Elle aurait aimé le prendre dans ses bras. Elle aurait aimé lui… donner quelque chose. Une sorte d'apaisement. Mais il ne l'aurait pas accepté.

— Nous devons partir, déclara-t-il d'une voix sombre.

Il alla ouvrir la penderie et en sortit une chemise blanche avant de la passer d'un geste preste.

— Pourquoi ? Je croyais que tu voulais rester ici jusqu'à ce que l'indignation se soit un peu calmée.

— Effectivement. Mais ta mère m'a contacté. Elle m'a convaincu de rentrer.

Sa mâchoire était crispée, son expression ciselée dans le granit.

— Ce ne sera pas facile, mais elle a raison. Je ne peux pas laisser mon pays s'embraser en mon absence. Elle a proposé… que je te laisse ici.

— Je ne veux pas rester ici. Je veux partir avec toi.

Il sembla se détendre légèrement.

— Oui, je pense qu'il vaut mieux que tu m'accompagnes. Nous devons faire face à nos détracteurs ensemble. Néanmoins…

— Il n'y a pas de néanmoins qui tienne, coupa-t-elle en levant le menton. Tu as raison. Si tu reviens sans moi, les on-dit ne feront qu'empirer. Je dois rentrer avec toi, quoi qu'il arrive. Je dois être présente et parler en mon nom.

— Tu es très courageuse, Sophia.

Vraiment ? Elle ne s'était jamais sentie particulièrement courageuse. Elle avait passé son enfance à prier pour obtenir l'attention de son père, et sa jeunesse à aimer un demi-frère qui n'appréciait même pas sa présence.

Soudain, la révélation la heurta de plein fouet, éclatante comme une éclaircie après des mois de brouillard. Elle avait passé des années à soupirer après Luca pour se protéger ; si elle s'était convaincue qu'elle l'aimait, elle avait eu tort.

Elle ne le connaissait même pas. Pas réellement. Il n'avait jamais été affectueux avec elle. N'avait jamais été doux ou vulnérable avec elle. N'avait même pas pris la peine de faciliter sa vie au palais.

Il avait été lointain et distant, et par conséquent son option la plus rassurante.

Jusqu'à ce qu'il la touche dans les jardins et que la réalité prenne le pas sur le fantasme, perçante et douloureuse.

Mais jusqu'à la nuit dernière, elle ne l'avait jamais vraiment connu. De loin, elle avait admiré sa force et son intégrité, parce qu'elle rencontrait trop d'hommes dénués de ces qualités. Son propre père, par exemple. Mais ce n'était pas suffisant pour *aimer.*

Et soudain, en le voyant ainsi, se reconstruire sous ses yeux après avoir dévoilé sa fragilité quelques heures auparavant, reprendre son bouclier de roi pour cacher l'adolescent blessé, elle comprenait réellement ce qu'étaient l'honneur et le courage. Et ce que sa force devait lui coûter.

La froideur de sa voix, la dureté de ses prunelles, la raideur de sa posture, et ce beau visage qu'il tenait toujours haut – toutes ses défenses avaient été glanées dans la douleur.

Quiconque connaissait son histoire officielle devait penser qu'il était devenu ce pour quoi il avait été élevé. Sans jamais affronter l'adversité, si ce n'était par la perte de sa mère. Personne ne le connaissait réellement.

Une vague d'émotions submergea Sophia. Soudain, le fossé entre eux semblait aboli. L'attirance qu'elle avait toujours éprouvée pour Luca s'était muée en un sentiment plus fort, plus profond.

Quelque chose qu'elle n'avait pu imaginer jusque-là, et qui la mettait en danger.

L'amour, pour elle, n'avait jamais été qu'une notion lointaine. Mais tout à coup, elle était secouée par un séisme silencieux, par une pulsion qui lui soufflait de s'ouvrir à Luca, de baisser ses défenses comme il l'avait fait pour elle.

Elle n'avait pas été amoureuse de Luca, pas jusqu'ici. Mais maintenant…

— Il faut que je me prépare.

Elle se leva sans se couvrir et marcha jusqu'à l'armoire où leurs vêtements étaient mélangés. Serait-ce toujours ainsi ? Leurs vies se mêleraient-elles enfin ? Peut-être que Luca préférerait une union royale et conventionnelle, où tous deux mèneraient des vies fermement séparées, dans des appartements différents.

Leurs parents n'avaient pas respecté les traditions. Son beau-père et sa mère avaient toujours tout partagé. Leur espace. Leur existence. Leur amour.

Voilà ce qu'elle désirait. Elle ne voulait pas qu'il l'épouse par devoir. Elle voulait être l'épouse de son cœur.

Elle pivota pour lui faire face, et les mots moururent

sur ses lèvres lorsqu'elle croisa son regard brûlant. Il l'observait avec une voracité féroce et profonde qui la rendait tout à la fois heureuse et mélancolique.

Luca avait envie d'elle, bien sûr. Mais ressentait-il quoi que ce soit d'autre pour elle ?

Il était parfait. Telle une statue de marbre, il était doté d'un visage délicieusement symétrique, de traits d'une beauté classique qu'une moue aristocratique rendait terriblement dévastateurs. Son corps était divinement sculpté, ses mains étaient larges et chaudes, lorsqu'il la tenait contre lui.

Mais il avait souffert. Intérieurement, il était brisé. Trouverait-elle le moyen de guérir ces plaies pour toucher son cœur ?

Elle se détourna de nouveau et choisit une robe noire et sobre, que sa nouvelle styliste n'aurait sans doute pas approuvée, mais qui lui semblait appropriée pour leur retour. Il leur faudrait trouver un équilibre entre la contrition et la provocation. Il était nécessaire qu'ils assument leur décision tout en respectant les réactions de leur nation.

Dans l'avion, sur le trajet du retour, il resta distant, mais Sophia n'en fut pas particulièrement surprise. Il voulait rebâtir le mur entre eux, brique par brique. Non plus pour étouffer son désir, non, plus maintenant. Mais plutôt briser le lien émotionnel qu'ils avaient créé la nuit dernière…

Elle avait toujours comparé sa propre enfance aux privilèges de Luca. Elle avait connu la pauvreté ; elle avait été abandonnée par son père ; elle connaissait la faim. Elle avait eu la chance d'échanger ses haillons pour le luxe improbable d'une vie royale, mais elle avait toujours su qu'elle n'y était pas à sa place. Les traditions, les manières, les exigences restaient un langage secret qu'elle comprenait mal.

Mais maintenant… Elle savait qu'elle avait eu tort. Que le masque de marbre cachait une souffrance indicible.

Quand l'avion atterrit, un fardeau de plomb tomba sur leurs épaules ; ou peut-être était-ce simplement le sentiment qui pesait sur sa poitrine.

Elle aurait aimé qu'ils restent sur l'île. Qu'ils s'enferment dans un monde où leurs jours auraient été bercés de promenades sur la plage et d'amour languide dans un bassin de verre.

S'ils n'avaient pas parlé la veille, Luca aurait-il accepté de revenir à San Gennaro ? Aurait-il accepté de fuir la solitude et l'intimité de la villa ? Avait-il décidé d'affronter son devoir pour mieux la fuir, elle ?

Non, c'était injuste.

Luca n'avait jamais fait preuve de lâcheté ; il aurait coupé court à leur dialogue d'un ton sans appel, mais il n'aurait pas battu en retraite.

— Prépare-toi, murmura-t-il.

C'était les premiers mots qu'il lui adressait depuis qu'il était monté dans l'avion. Et de fait : leur voiture les attendait devant l'aéroport privé, mais elle était déjà prise d'assaut. Au milieu des flashs aveuglants, les gardes du corps faisaient leur possible pour écarter la horde des curieux. Sophia se protégea les yeux tandis qu'ils descendaient les marches sur le chemin de la limousine. Luca l'enlaça étroitement et la guida jusqu'à la voiture. Il lança des directives cinglantes en italien avant de claquer la portière.

— Nous allons devoir leur parler à un moment ou un autre, n'est-ce pas ? demanda-t-elle.

— Oui, mais je veux choisir le moment et le lieu. Je suis le roi et je ne laisserai pas la presse dicter mes actes. Nous avons des réponses à leur donner, et nous devons montrer à la nation que nous sommes dignes de leur respect, mais je n'ai pas l'intention de m'arrêter sur un coin de tarmac et de donner une interview comme n'importe quelle star de la téléréalité.

Elle contempla son beau profil sévère et frissonna.

Tout ce en quoi il avait toujours cru se désagrégeait sous ses yeux, et pourtant il restait absolument inébranlable. Alors, elle comprit que cette situation le ramenait à la douleur de son passé et aux décisions prises pour lui à l'époque. Combien tout cela devait lui coûter…

Elle aurait voulu tout réparer. Elle aurait voulu l'apaiser. Elle avait participé à cette destruction, mais elle n'en avait pas imaginé la portée.

— Luca…

— Nous n'avons pas besoin de parler maintenant, ordonna-t-il durement. Nous trouverons le temps plus tard.

— Vraiment ?

— Bien sûr. Nous préparerons notre déclaration ensemble.

Écrire un discours n'avait rien à voir avec une conversation ; mais le corriger ne servirait à rien pour le moment.

Plus tard, lorsqu'elle referma la porte de sa chambre silencieuse, elle regretta de ne pas avoir insisté. Mais Luca s'était montré aussi despotique qu'il savait l'être et avait déterminé qu'ils devraient se comporter aussi pudiquement que possible tant qu'ils n'auraient pas défini leur stratégie médiatique.

Elle aurait aimé dormir avec lui.

Mais peut-être que la solitude serait une bonne chose.

Elle se tourna un moment entre ses draps, puis quitta son lit. Elle traversa la grande chambre, seulement vêtue de sa chemise de nuit, et sortit sur le balcon. Elle s'appuya sur le large rebord et contempla les jardins baignés par la lune. Tout avait commencé ici, près de la roseraie. Et elle ne parvenait pas à le regretter. Pas alors qu'elle avait appris tant de choses sur elle-même au contact de Luca.

Appris à aimer.

Une brise tendre s'éleva, et l'effluve des roses vogua jusqu'à elle pour se mêler à ses cheveux lâchés. Elle ferma les paupières. Elle pouvait presque sentir le parfum de Luca, l'arôme de sa peau. Son odeur était devenue si émouvante, si familière.

— Te voilà.

Elle fit volte-face au son de sa voix. Il était là, sur le seuil du balcon, les yeux posés sur elle.

— Tu pensais que j'avais sauté ?

— J'espérais que non, pour tout t'avouer, dit-il avec un sourire.

— Je croyais que tu ne voulais pas parler ce soir.

— Je n'arrivais pas à dormir.

Il quitta le chambranle et sortit sur le balcon à son tour. Il portait toujours sa belle chemise blanche, mais il avait ouvert les trois premiers boutons. Elle pouvait convoquer l'image de son torse musclé, pouvait imaginer sa main glisser sous l'étoffe et toucher sa peau tiède. Ses cheveux sombres étaient désordonnés, comme s'il y avait passé la main. Elle baissa les yeux sur sa montre en or ; elle ne savait pas pourquoi, mais elle trouvait le bijou sexy, sur lui. Ou lui, tout entier, tout simplement.

— Il fait sombre ici, dit-elle en haussant les épaules.

— Que veux-tu dire ?

— Nous pouvons discuter dans le noir.

Elle était surprise par sa propre déclaration ; mais peut-être que son balcon pouvait devenir leur confessionnal, comme leur lit l'avait été la veille.

— Nous pouvons tout aussi bien parler dans la lumière.

— Je n'en suis pas sûre. Je pense que cela rendrait les choses plus difficiles.

— Qu'as-tu donc à me dire ?

— J'espérais que *tu* voudrais me parler, mais…

Elle n'était pas encore prête à lui faire sa déclaration ; mais elle voulait qu'il sache… qu'il la connaisse, lui aussi.

— Tu sais, continua-t-elle lentement, quand nos parents se sont mariés… J'ai vu mon père. Il m'a retrouvée. Évidemment, avec toute cette couverture médiatique…

Luca fronça les sourcils.

— Tu étais protégée par la garde.

— Oui. Mais ils ne m'auraient pas empêchée de rencontrer mon propre père.

— Je n'étais pas au courant.

— Bien sûr. Tu étais à l'université, à l'époque. Mon père et moi nous sommes vus régulièrement pendant un moment… Jusqu'à ce que ton père lui refuse une somme d'argent très conséquente. J'étais tellement en colère, Luca. Je pensais que le roi était cruel, parce qu'après son refus mon père m'a abandonnée encore une fois. Mais il n'avait jamais voulu de moi. Je ne pouvais pas le comprendre, à l'époque. J'avais seulement treize ans, et j'étais dévastée à l'idée que mon père disparaisse parce que le tien n'avait pas voulu lui donner ce dont il avait besoin.

— C'est terrible, d'être si mal traitée par son propre parent, répondit Luca d'une voix dure.

— Et tu le sais aussi bien que moi, n'est-ce pas ? Je pensais… que les choses avaient toujours été faciles pour toi. Je t'admirais de loin. Même si tu n'étais pas particulièrement affectueux avec moi. J'admirais tes certitudes, ta stabilité, ta détermination. Tu étais tout ce que je ne pourrais jamais être, tu portais ton statut comme une seconde peau. Mais maintenant je sais combien tout cela a dû te coûter, et… Je t'admire plus encore.

Il marcha jusqu'au rebord du balcon pour se poster près d'elle. Il crispa les doigts sur le fer forgé, et elle baissa les yeux sur leurs mains si proches. Elle savourait sa présence, tout près d'elle.

— Comment t'es-tu rapprochée de mon père, dans ce cas ? Alors que tu étais en colère contre lui ?

Il avait habilement changé de sujet. Mais elle était

heureuse de partager des confidences avec lui ; elle voulait lui donner autant que ce qu'elle lui avait demandé.

— Il m'a prouvé qu'il était bien supérieur à mon père.

— Comment ? demanda Luca avec une curiosité évidente.

— Mon père a arrêté de me voir quand le tien a refusé de le payer. Pendant ce temps, j'ai été horrible avec le roi. Impolie, insupportable, rancunière. Et pourtant, il n'a jamais menacé de m'abandonner, de me punir. Il ne m'a pas déçue, même quand je me montrais monstrueuse avec lui. Il aurait pu… Il aurait pu m'ignorer, me laisser vivre dans le même espace que lui sans me prêter attention. Il n'avait aucune raison de chercher à cultiver notre relation. Mais il a continué à faire des efforts. Ses actes m'ont montré sa bonté… et ce qu'était la loyauté.

Elle déglutit, la gorge sèche.

— Il m'aimait réellement, et je n'avais connu cela qu'avec ma mère. Il m'a appris que j'avais de la valeur.

Oui, le roi lui avait offert un soutien inébranlable, sans contrepartie. Mais sa relation avec Luca était bien différente.

Pour Luca, elle devrait s'exposer. Terrifiée, elle n'était pas sûre d'y parvenir.

Si seulement il pouvait…

Elle se mordit la lèvre.

— Je dois tellement à ton père ! Il a réparé beaucoup du mal que le mien a fait.

— Je ne peux qu'espérer avoir un peu de sa générosité.

— Et moi, être une aussi bonne mère que la mienne.

C'était la première fois qu'ils évoquaient le bébé en ces termes. Certes, ils avaient déjà mentionné la parenté, le devoir, leurs erreurs. Mais jamais encore ils n'avaient partagé leur vision du futur, leurs rôles de parents.

— Ta mère s'est toujours montrée bienveillante envers moi, dit-il. Elle n'avait rien à prouver, rien à cacher, contrairement à la mienne. C'est quelqu'un de bien. Elle a supporté les insultes cruelles des médias sans fléchir. Tu es comme elle, Sophia, je le sais. Tu montreras à notre enfant comment faire de même.

Elle baissa le visage, le cœur battant.

— Je l'espère.

— Nous ne pourrons lui épargner les conséquences du scandale, mais je sais que je peux compter sur toi pour résister à cette adversité. Et être le meilleur exemple qui soit.

Soudain, Luca lâcha le rebord du balcon et se détourna d'elle. Le mouvement lui fit l'effet d'un abandon, tandis que l'air autour d'eux semblait plus froid, plus sombre.

— Attends, murmura-t-elle.

Elle leva une main, même s'il ne pouvait pas la voir, mais il s'arrêta, les épaules raides.

— Je ne regrette rien, tu sais.

Il l'écoutait toujours, elle en était persuadée. Peut-être même ses mots l'avaient-ils touché…

— Bonne nuit, Sophia, dit-il après un moment silencieux.

Elle aurait aimé en dire plus, mais les mots ne franchissaient pas la barrière de ses lèvres.

— Reste avec moi ce soir, fit-elle simplement.

Il pivota alors pour la prendre par la main et la guida jusqu'au lit. Et il resta avec elle toute la nuit.

Luca devait admettre que la rapidité de son équipe était admirable. Certes, la cérémonie prévue entre Sophia et Erik avait été planifiée en quelques semaines, mais l'organisation de son propre mariage royal tenait du miracle.

Ils avaient tenu leur conférence de presse quelques jours plus tôt, dans les jardins du palais, et avaient autorisé sa diffusion en temps réel à la télévision et sur Internet. Ils avaient parlé de leur responsabilité envers San Gennaro, et de l'engagement qu'ils voulaient prendre l'un envers l'autre. Évidemment, leur discours avait été accueilli avec des sentiments mitigés. Mais Luca n'en était pas surpris. Ils n'auraient jamais pu obtenir l'adhésion universelle. Pas dans ces conditions.

Il faudrait convaincre le public progressivement. Et l'arrivée de leur bébé devrait aider à séduire les plus récalcitrants.

Leur mariage aurait lieu deux jours plus tard, et tout s'annonçait au mieux. Sophia était dans son lit tous les soirs, même s'il avait voulu, à leur arrivée, reprendre leurs anciennes habitudes et ses distances. Sa retenue avait déjà maintes fois failli, lorsqu'il s'agissait de Sophia – elle était sa faiblesse.

Il s'était souvent cru invincible, pourtant Sophia le défiait depuis toujours. Elle se glissait sous l'armure de sa détermination pour le forcer à s'interroger sur lui-même, à affronter ses démons.

Il n'aimait pas se remettre en cause, mais il appréciait de dormir avec elle peau contre peau. Et pour cela, il fallait bien faire quelques sacrifices.

Une soirée privée était prévue ce soir-là pour accueillir les invités du mariage. Rien de grandiose, comme les festivités l'auraient été s'ils avaient eu plus de temps. S'il n'avait pas eu le sentiment qu'une catastrophe était imminente.

L'angoisse finirait par s'effacer. Il en était certain.

Et dans le cas contraire ? Il avait toujours considéré qu'il était marié à sa réputation et à son devoir, et maintenant qu'il avait volontairement lâché les rênes…

Il fronça les sourcils. Il ne regrettait pas sa décision, en réalité. Sophia était la mère de son héritier. Elle allait devenir son épouse. Et comme elle le lui avait rappelé l'autre nuit, quoi que les gens puissent penser de lui, il serait un bon roi.

Le reste n'avait plus aucune importance.

— Qu'en penses-tu ? demanda-t-il à Sophia lorsqu'elle le rejoignit à l'entrée de la grande salle à manger.

Elle portait une robe si pâle que les sequins semblaient refléter l'éclat de sa belle peau soyeuse. Ils brillaient à chacun de ses pas, et le décolleté formait une pointe exquise sur sa poitrine.

Elle attrapa son bras et leva les yeux vers lui.

— Distraire les épouses de dignitaires inconnus est une expérience un peu étrange.

— Mais c'est ta vie, maintenant.

Elle grimaça légèrement.

— Désolé, *cara mia*, mais la reine a des responsabilités, elle aussi. Ta mère doit le savoir.

— Oui, murmura-t-elle d'une voix hésitante.

Avait-elle encore des doutes ? Quoi qu'il en soit, ce n'était pas le moment de l'interroger. Ils marchaient en effet vers la salle de réception, pleine d'officiels internationaux qui auraient secrètement adoré être témoins d'une dispute dramatique.

Il s'installa en tête de table, et Sophia abandonna son bras pour s'asseoir de l'autre côté. La tradition était une chose si fascinante… Ces habitudes, créées par des figures lointaines et disparues. Et pourtant, l'histoire montrait qu'elles étaient suivies avec dévotion, aussi arbitraires soient-elles. Comme si elles avaient été imposées par une divinité. Comme si personne n'avait eu le droit de les briser.

La tradition et les apparences avaient toujours dicté la vie de sa mère, même lorsqu'elle vivait en marge des convenances. Et il s'y était accroché comme à une raison d'être, lui aussi. Il avait voulu croire que les traditions avaient rendu sa souffrance inévitable. Il n'avait pas eu le choix : il n'avait pas eu le *droit* de se battre.

Toutes ces règles absurdes…

Ce soir-là, elles obligeaient Sophia à s'asseoir à l'autre bout de la pièce, alors qu'il aurait aimé qu'elle soit à ses côtés.

Il était le roi, et il devait se plier sans arrêt à ces

règles sans fondement. Ces règles qui l'empêchaient de demander justice. Ces règles qui l'avaient empêché d'avouer son attirance pour Sophia pendant si longtemps. Qui l'empêchaient encore de prendre place près d'elle, de passer la journée avec elle.

Quelle chose étrange.

Ses voisins les plus proches avaient été choisis avec minutie par ses ministres : ils ne parleraient de lui qu'avec respect et ne remettraient certainement pas en question cette union avec sa demi-sœur. Sophia était sans aucun doute entourée de flatteurs, elle aussi, et les invités installés au centre pouvaient échanger des piques empoisonnées à voix basse, sans que lui ou sa future épouse en aient la moindre idée.

Lorsque le repas toucha à sa fin, Luca se leva et, d'un regard à Sophia, l'invita à faire de même. Elle avait l'air légèrement nerveuse, mais elle le suivit sans attendre. Elle avait vu leurs parents agir ainsi fréquemment ; elle savait qu'elle devait se laisser guider.

Il lui offrit son bras, avant de pivoter avec elle pour sortir de la grande pièce. Les invités leur emboîteraient bientôt le pas, mais ils pouvaient profiter d'un court répit dans l'antichambre.

— Tout va bien ?

— Oui. Je connais plus ou moins l'étiquette royale.

— Mais maintenant, tu dois la vivre personnellement. Ton rôle au palais a changé. Est-ce difficile pour toi ?

— C'est beaucoup de choses à la fois. T'épouser. Devenir mère. Agir comme une reine ne faisait pas partie de mes priorités.

— Mais tu seras ma reine. Demain.

Sa robe scintillait dans la lumière basse, mais son visage était tiré par l'angoisse.

— Il est trop tard pour revenir en arrière, Sophia.

Elle leva le menton vers lui.

— Je ne veux pas revenir en arrière.

— Tu ne sembles pas heureuse.

— Je suis un peu submergée. Sincèrement, je suis submergée depuis que tu m'as embrassée dans les jardins, il y a des semaines. Tu devrais t'en douter, non ?

— Je te suggère d'être moins « submergée » d'ici à demain, lorsque nous nous unirons dans la chapelle.

Un masque neutre tomba sur son visage.

— Vos désirs sont des ordres, Sire.

Il n'eut pas le temps de répondre. Déjà, les grandes portes s'ouvraient de nouveau sur leurs invités.

— Ma fiancée et moi devons vous souhaiter bonne nuit, déclara-t-il soudain en se tournant vers eux. Nous ne voudrions pas exténuer la princesse Sophia la veille de son mariage.

Il glissa son bras autour de sa taille, un geste intime qui brisait la bienséance et l'étiquette de la cour, il en était bien conscient. Puis il l'entraîna hors de la pièce.

Elle sifflait de rage lorsqu'ils parvinrent à sa chambre.

— Luca ! Nous avons des invités, et je n'ai pas passé la journée à faire des ronds de jambe pour que tu gâches tous nos efforts ce soir.

— Je suis navré, rétorqua-t-il d'une voix dure. Il semble que je sois voué à ruiner la réputation des autres.

Un éclair de honte traversa le regard bleu de Sophia, et il se sentit coupable. Bien sûr, elle n'avait pas voulu l'attaquer sur ce point.

— Luca, ce n'est pas…

— Je sais. Désolé.

Elle ne semblait pas savoir quoi dire.

— Ne t'excuse pas, ordonna-t-elle finalement.

— Nous allons devoir trouver le moyen de nous entendre.

Elle lui lança une œillade pensive.

— Nous n'en avons pas fait beaucoup l'expérience, n'est-ce pas ? En dehors du lit, en tout cas, ajouta-t-il.

— C'est vrai.

Elle croisa les mains devant elle et poussa un long soupir, avant de retirer son élégante chaussure, puis l'autre, d'un petit coup de talon. Pieds nus, plus petite devant lui, elle ressemblait soudain à une petite fée étincelante, venue lui rendre visite dans la nuit sombre.

— Je sais comment nos parents ont fait, dit-elle lentement. Je sais pourquoi cette vie était plus facile pour eux.

— Pourquoi ?

— Parce qu'ils s'aimaient. Ils s'aimaient profondément, Luca. Ils ne se sont pas mariés pour un enfant ou pour l'argent. Il n'y avait pas d'obligation. Ils ont tout risqué pour être ensemble.

Ses mots étaient doux, mais ils l'atteignirent en plein cœur.

— Je ne comprends pas ce que tu attends de moi. Tu es enceinte ; ta mère ne l'était pas. Je ne peux pas changer les circonstances de notre union.

— Je sais. Mais les circonstances ont changé pour *moi*, ces dernières semaines.

Elle leva le visage vers lui, les yeux lumineux.

— Luca, je me suis toujours imaginé que j'étais amoureuse de toi, mais je n'ai compris mon erreur que cette nuit-là, à San Paolo.

Son estomac se retourna cruellement. Bien sûr. Elle avait compris qu'elle ne l'aimait pas quand il lui avait avoué qu'il n'était qu'une victime, un faible, la proie d'un crime écœurant. Bien sûr qu'elle était révulsée, depuis ! Qui n'aurait pas réagi de la même façon ? Il se haïssait lui-même, la plupart du temps. Il doutait de tout, de lui, et même de son attirance pour Sophia. Dans le secret de son âme, il se demandait si quelque chose n'avait pas été corrompu et brisé à jamais en lui, quelque chose qui l'avait poussé à ne désirer que l'interdit…

— Je suis navré d'avoir détruit la perception que tu avais de moi.

— Non, non, tu te méprends, Luca. Ce jour-là, j'ai

compris que, depuis notre rencontre, tu n'avais été qu'un fantasme pour moi. Tu étais mon demi-frère, tu m'étais interdit et il était facile de t'aimer ainsi. Parce que notre idylle était impossible, tu n'avais pas le pouvoir de me faire du mal. Parce que mon cœur t'appartenait, personne ne pouvait le briser. Tu étais comme une forteresse bâtie autour de moi, une distraction pour mon âme. Mais quand tu m'as touchée, ce mur a volé en éclats. J'ai réalisé que je ne te connaissais pas. Comment pouvais-je t'aimer, alors que je ne te connaissais pas ? Je t'admirais de loin, toi, ta force, ton honnêteté, mais je ne savais pas combien cette vie t'avait coûté, Luca, et maintenant… Maintenant, je sais comment tu t'es construit, tu n'es plus un fantasme mais bien *réel*. Et je t'aime, Luca. Je ne voulais pas te le dire, je voulais me protéger. Je connais le rejet et l'abandon. J'aimais mon père, mais il n'en avait qu'après l'argent du tien. J'avais peur de me montrer vulnérable et de te donner mon cœur sans rien obtenir en retour. J'ai essayé, l'autre soir, j'ai essayé, mais j'étais terrifiée, et… Je ne veux plus laisser la peur me guider. Tu mérites mieux qu'une femme qui se cache derrière des mensonges et qui ne prend pas le risque de t'aimer ouvertement.

Elle marqua un silence.

— Je t'aime, répéta-t-elle.

Cette confession révoltait Luca. Impossible ! Sophia ne pouvait pas dire la vérité. Jamais, elle ne pourrait l'aimer.

— Tu ne m'aimes pas, lâcha-t-il, glacial. Tu veux simplement embellir cette union, mais tu ne m'aimes pas.

— Au contraire, mes sentiments pour toi sont forts et intenses.

— Très bien, pense ce que tu veux, mais cela ne changera rien.

— Pourquoi pas ? Cela devrait tout changer.

— Parce que je ne peux pas aimer.

— Tu te trompes, Luca. Tu aimais ton père, tu as beaucoup d'affection pour ma mère…

— Ma famille. C'est différent.

— Pourquoi serait-ce différent ? Ta mère faisait partie de ta famille et…

— Je vais t'épouser, Sophia. Je ne vois pas pourquoi tu veux mêler des sentiments à notre mariage. Je me suis déjà engagé auprès de toi. Qu'espères-tu de plus ?

— L'amour est vital, Luca, tu comprends ? Et sans lui… Le désir n'a pas d'importance. Ni les liens du sang. Ni les serments. Il n'y a que l'amour.

— Alors, nous ne sommes pas du même avis. Seules nos promesses protégeront notre union. La vie est ainsi, Sophia. Tu ne peux pas compter sur la passion pour prendre tes décisions ; tu dois garder la tête froide, et c'est seulement ainsi que tu pourras espérer sauvegarder une part de ton intégrité.

— Je comprends ton opinion, et… C'est une des choses que j'admire chez toi. Ton intégrité. Tu es un homme bon, tu l'as toujours été. Mais il y a plus que cela. Tu ne peux pas faire des promesses sans amour. Je ne le peux pas. Je ne le *veux* pas.

— Pourquoi pas ?

Qu'exigeait-elle donc de lui ? L'amour n'était rien. L'amour finissait toujours par faillir. L'amour l'avait laissé pour mort, dans la solitude et la peur. Sa mère n'avait aimé qu'elle-même. Il avait été un dommage collatéral de ses aventures, de son plaisir, d'un bonheur éphémère et égoïste.

Luca n'avait compté pour personne.

Pourquoi Sophia s'était-elle mis en tête qu'il comptait pour elle ? Pourquoi lui demandait-elle de faire un effort, de *répondre* à son…

Non. C'était une lubie, une angoisse de dernière minute. Il avait promis de rester avec elle, et c'était la seule chose qui importait.

— Je mérite d'être aimée, poursuivait-elle. Je mérite d'être choisie pour moi-même. Or, tu ne m'épouses que pour le bébé que je porte, Luca.

— Tu as longtemps été mon obsession, bien avant que tu attendes mon héritier. Si je ne t'avais pas voulue, nous n'en serions pas là. Il n'y aurait pas de bébé à protéger.

— Tu parles d'obsession quand je parle d'amour, Luca ! Ne vois-tu pas la différence ?

— Alors tu vas simplement partir ? Te mettre en colère parce que tu ne peux pas obtenir de moi ce que tu désires ? cria-t-il, la poitrine brûlante de rage.

Bien sûr qu'elle partirait. Pourquoi voudrait-elle rester avec lui ? C'était tout le problème. Elle pouvait professer son amour, elle pouvait même y croire avec ferveur, mais dans l'adversité, elle découvrirait bien vite qu'elle ne pouvait pas l'aimer.

Luca avait l'habitude d'être utilisé et abandonné. Les sévices que Giovanni lui avait infligés étaient loin d'être aussi douloureux que la désertion de sa mère. Elle s'était détournée de lui pour assurer sa propre sûreté. Elle n'avait jamais voulu lui rendre justice…

Et il ne savait pas comment dépasser cet abandon. Elle était morte. Faire la lumière sur son secret serait terrible. Sa douleur se matérialiserait partout, au palais, dans les médias…

Il ne savait plus quoi penser. Il doutait de ce qu'il voulait, de ce qu'il valait. Mais une chose était sûre : il ne méritait pas Sophia et tous les sentiments qu'elle pensait lui porter.

Elle avait essayé de lui expliquer comment elle en était venue à l'aimer. Elle pensait le voir pour ce qu'il était, désormais. Mais elle ne pouvait pas comprendre, pas vraiment.

Lorsqu'il reprit la parole, sa voix était basse.

— J'ai tout avoué à ma mère. Je suis allé à elle, parce que je lui faisais confiance. J'avais été drogué et abusé.

Je le lui ai dit. Je lui ai dit qu'elle avait laissé entrer cet homme dans le palais, et qu'il m'avait poursuivi, fait du mal. Elle était bouleversée et effrayée. C'est pour elle-même qu'elle avait peur – pas pour moi. Elle savait que si elle cherchait à l'assigner en justice, il n'hésiterait pas à révéler ses inconvenances. L'idée était insupportable, pour elle. Je n'ai jamais compté à ses yeux, Sophia. Pas une seule seconde. Ma propre mère…

— Elle avait tort. Comme mon père avait tort. Tu ne penses tout de même pas que j'ai mérité la façon dont mon père m'a traitée ?

— C'est différent.

— Non. Tu as peur de sortir de cet état d'esprit, c'est tout.

— La vérité est difficile à admettre, mais je ne peux pas la transformer. Je n'ai jamais été qu'un accessoire pour celle qui aurait dû m'aimer de manière inconditionnelle.

— Luca, souffla-t-elle. Moi, je t'aime.

Soudain, une bouffée de panique l'envahit. Sophia continuait d'y croire, alors qu'il le lui avait interdit ! Le monstre qui rôdait en lui grondait de plus en plus fort, et il ne parvenait plus à le camoufler. Le devoir, l'engagement, le trône, la presse. Garder la tête froide et le dos raide pour mieux régner…

— Tu ne peux pas m'aimer, martela-t-il sans pitié. Tu ne peux pas m'aimer, parce que je ne m'aime pas moi-même.

Il serra les dents, agacé par sa propre faiblesse.

— L'homme que j'aurais pu être m'a été dérobé il y a longtemps. Tout ce qui me définissait m'a glissé entre les doigts. Je me suis reconstruit comme j'ai pu, parce que personne d'autre ne s'en serait chargé à ma place ; mais j'ai pris garde à ne pas refaire les mêmes erreurs. J'ai effacé mes faiblesses. Toutes ces choses qui, il y a des années, m'ont distingué. Qui faisaient de moi la victime parfaite.

— Non, ce n'est pas juste.

— Bien sûr que ce n'est pas juste. Il m'a choisi pour une bonne raison. Cette audace inconcevable… J'étais le futur roi de San Gennaro, et il a tout de même considéré qu'il pouvait profiter de moi. Il savait qu'il ne serait pas puni. Y as-tu déjà réfléchi ainsi, Sophia ? Il savait que ma mère le protégerait. Que je n'oserais rien avouer, que je ne pourrais pas témoigner contre lui. Que je n'aurais pas le choix. Tu comprends ? Je me suis reconstruit, tout en me débarrassant de mes défaillances. Je méprisais ce que j'étais, or je peux supporter ce que je suis aujourd'hui. Et tu ne peux pas…

Il se détourna d'elle, les yeux fermés, et lutta pour reprendre le contrôle de lui-même.

— Tu ne peux pas.

— Luca, répéta-t-elle d'une voix brisée.

Et il détestait cela aussi – sa souffrance. Elle méritait mieux. Elle méritait d'aimer un homme, d'être avec un homme qui ne serait pas abîmé comme il l'était.

— Tu sais, je me suis souvent demandé s'il y avait quelque chose d'intrinsèquement malsain en moi.

— Arrête de te définir comme cela.

— C'est pourtant le cas. C'est peut-être pour cela que je te voulais tant, parce qu'il y avait quelque chose en moi…

— Non. Arrête de me repousser.

— Je n'essaie pas de te repousser. Je vais t'épouser. Mais je ne pourrais jamais t'aimer comme tu le souhaites. Je n'en suis pas capable. Cette part de moi n'existe plus. Je l'ai tuée pour survivre. Et je n'ai pas l'intention, ni le pouvoir, de changer cela pour toi.

Il secoua la tête. Changer pour elle nécessiterait d'affronter de nouveau la souffrance qu'il avait rejetée de toutes ses forces, et il ne pourrait pas le supporter.

— Alors tu me rejettes.

— Sophia…

Elle avança vers lui.

— Je suis désolée, Luca. Je t'aime. Mais je ne veux pas t'épouser parce que tu le dois à ta nation. Je veux me marier avec toi parce que je t'aime, mais seulement si tu m'aimes aussi. Ce serait si facile de…

Sa voix s'étrangla, et ses yeux bleus s'emplirent de larmes.

— Ce serait si facile d'aller jusqu'au bout, de me contenter de ce que tu m'offres. Mais je ne peux pas faire une chose pareille, Luca. Parce que je sais que nous pourrions partager bien plus que cela. Notre union pourrait être une guérison plutôt que la maladie que tu décris sans cesse. Seulement, il faudrait que tu acceptes d'aller mieux.

Luca sentait le sang battre à ses tempes.

— Si tu ne veux pas d'un homme qui a été violé, *cara mia*, tu peux le dire plus simplement.

— Arrête. Ne te berce pas de mensonges et ne pense pas que je fuis. J'ai peur, mais je prends la seule décision qui soit courageuse. La décision la plus difficile.

— Qu'est-ce que tu veux dire ?

— Je veux dire que, pour la deuxième fois, la princesse Sophia ne sera pas présente à son mariage.

Sur ces mots, elle tourna les talons et sortit de la chambre, pieds nus.

Luca resta immobile, planté au milieu de la pièce, les yeux fixés sur les chaussures brillantes. Cette version de Cendrillon était la plus douloureuse qu'il ait jamais connue.

Et la souffrance l'atteint brusquement, en pleine poitrine, si violemment qu'il en tomba à genoux.

13.

Sophia courait. Consciente seulement de ses pieds nus sur l'herbe humide, les brins froids entre ses orteils, la boue instable et glissante sous ses pas ; priant pour que ses jambes ne cèdent pas, pour qu'elles continuent de l'emporter loin de Luca.

Elle était toujours sur le domaine du palais, mais elle savait qu'elle devrait arrêter de courir – prendre une voiture, prendre un avion ? Fuir Luca pour de bon.

Elle ralentit brusquement en arrivant à l'orée de la forêt, puis fit un pas en avant. La texture du sol se transformait sous ses pieds, épines de pin et terre séchée, et la canopée épaisse cachait les rayons de la lune au-dessus d'elle. Il faisait presque froid sous les arbres sombres. Elle frissonna et croisa frileusement les bras, le souffle court. Elle avança encore, et encore. Sa robe miroitait autour d'elle et déchirait les ténèbres.

Qu'avait-elle fait ? Où allait-elle ? Avait-elle l'intention de s'enfoncer dans la forêt pour y mourir ? Ce n'était pas une réaction rationnelle à un rejet amoureux.

Elle ne regrettait pas sa décision, néanmoins ; elle ne voulait pas épouser un homme qui ne l'aimait pas. Pour elle, certes, mais aussi pour lui.

Beaucoup de gens, lui semblait-il, considéraient l'amour comme une chose belle et tranquille. Une force qui les aidait à être eux-mêmes.

Et elle était d'accord, jusqu'à un certain point – mais

l'amour, le vrai amour, exigeait de s'interroger sur sa propre identité. De plonger à l'intérieur de soi et de regarder son essence droit dans les yeux. L'amour n'était pas facile ou confortable. Non, il s'agissait de s'exposer à la douleur, se révéler à l'autre, sans carapace, sans couverture. Faire confiance. Offrir ses fragilités sur un plateau d'argent en espérant qu'elles ne seraient pas utilisées contre vous.

L'amour véritable était la différence entre se cacher dans une forêt sombre et s'élever dans la lumière.

Et à cet instant, elle avait choisi la forêt.

Elle ferma les yeux et essuya la larme qui roulait sur sa joue. Elle comprit soudain où ses jambes l'emportaient. Elle accéléra le pas et traversa la forêt sans ralentir jusqu'à l'allée pavée qui naissait de l'autre côté.

Sa mère avait emménagé dans cette maison depuis quelque temps déjà. C'était une bâtisse désuète, et bien peu impressionnante dans l'ombre du palais, mais sa mère semblait apprécier d'avoir son propre foyer, un tant soit peu libéré des contraintes de la cour.

Elle y avait trouvé une sorte de paix. L'impression, peut-être, de retrouver une vie plus simple, Quoique bien loin de la pauvreté passée, bien sûr. Le cottage était impeccable, entouré de beaux jardins entretenus, meublé de pièces précieuses et exquises, ses murs de briques ornés de roses grimpantes.

Il était plongé dans le noir à cette heure-ci, et le stuc blanc de sa façade brillait comme un phare dans la pénombre ; les roses frissonnaient doucement sous l'assaut de la brise.

Elle marcha jusqu'à la porte sans se préoccuper du gravier coupant sous ses pieds, puis frappa contre le lourd battant.

La porte s'ouvrit d'abord lentement, puis tout d'un coup lorsque sa mère la reconnut.

— Sophia ? Qu'est-ce que tu fais ici ?

— Je…

Elle déglutit, les yeux baissés.

— Je ne savais pas où aller. Je suis venue ici sans réfléchir.

— Que s'est-il passé ?

— Luca et moi nous sommes disputés. J'ai… J'ai annulé le mariage.

— Rentre, souffla sa mère en lui prenant la main.

Puis elle la fit asseoir sur le grand sofa et l'emmitoufla dans une couverture, avant d'aller lui chercher une tasse de thé chaud.

— Raconte-moi.

— Il ne souhaite pas m'aimer, dit Sophia. Ce qui est… très différent de ne simplement *pas* m'aimer. Il ne veut pas de sentiments, il ne veut pas qu'on l'aime. Je crois qu'il a… peur.

Sophia ne parlerait pas du secret de Luca à sa mère ; ce n'était pas le sien.

— Il a beaucoup souffert et il ne veut pas…

— Il ne veut pas guérir ?

— Oui. Est-ce que son père était comme cela aussi ?

— Non. Mais moi, oui. Ton père m'a fait du mal, et j'ai passé des années toute seule, à affronter le jugement d'autrui, parce que j'étais mère célibataire, parce que j'avais besoin d'aide pour te nourrir. Tout cela m'a blessée et m'a endurcie. Quand j'ai rencontré Magnus, il m'a charmée et il m'a séduite sans peine. Je n'ai pas besoin de te cacher ce genre de choses, Sophia, puisque tu sais de quoi je parle.

Ses joues s'embrasèrent.

— Hum. Certes.

— Entrer dans son lit était une chose, mais entrer dans sa vie… s'est révélé très différent. Et j'ai fait de mon mieux. J'ai continué de travailler, j'ai gardé ma liaison avec le roi secrète. Je m'occupais de toi avec autant d'énergie. Je pensais que toutes ces parties de ma vie pouvaient rester cloisonnées.

Elle sourit doucement.

— C'était impossible, mais je m'accrochais tout de même à ma douleur. Et j'ai fini par comprendre que je devais laisser ma peine s'envoler, si je voulais pouvoir prendre ce que Magnus m'offrait. C'est difficile, tu sais, de laisser partir quelque chose qui vous a fait avancer pendant si longtemps.

— Oui, je crois que… Je crois que c'est ce qu'il ressent. La souffrance l'a aidé à se relever, parce que sans elle…

— Sans elle, il n'y aurait eu que le désespoir. La colère est bien plus facile à accepter. Plus facile aussi que l'espoir lui-même. Réapprendre à espérer peut être terrifiant, Sophia. Et ce n'est pas quelque chose que tu veux retrouver lorsque tu as été blessé. Tu veux y résister à tout prix. Ces petits éclats de lumière qui viennent éclairer les ténèbres sont autant de menaces. Tu ne peux pas te cacher dans la lumière, Sophia, alors que les ténèbres dissimulent beaucoup de choses. Trop de choses. La beauté du monde, tout ce qui pourrait nous rendre heureux, et nous-mêmes. J'imagine que c'est ce que Luca veut fuir…

— Alors que dois-je faire ? Dois-je retourner auprès de lui ? L'aimer, même s'il ne peut pas m'aimer ?

— Ce n'est pas à moi de prendre cette décision. Je ne veux pas que tu t'enfermes dans un mariage sans amour. Mais…

— Si je l'aime, ce n'est pas un mariage sans amour, murmura Sophia.

— Oui.

Sa mère s'assit près d'elle et croisa les mains sur ses genoux.

— Le roi m'aimait, avant que je sois capable de l'aimer aussi. Jamais il n'a fait de compromis. Il voulait une épouse, pas une simple maîtresse. En lui refusant mon amour, je restais son amante.

— Alors il t'a donné un ultimatum.

— Non. Il m'a juste expliqué qu'il ne pouvait pas me faire réellement entrer dans sa vie, tant que les sentiments qu'il me portait ne seraient pas partagés. Et le temps a fait son œuvre…

— Mais pour Luca et moi, les choses sont différentes. Nous allons avoir un enfant ensemble. Et je vis au palais la majorité de l'année.

Sa mère rit doucement.

— Toi seule peux décider quoi faire, Sophia. Mais ne laisse pas le chagrin te guider à la moindre difficulté.

— Je ne sais plus que penser, maman.

— Alors pose-toi la bonne question. Puisque Luca risque de te briser le cœur, quelle que soit la décision que tu prendras… Préfères-tu être avec lui, ou loin de lui ?

— Je ne sais pas.

Mais elle savait. Elle voulait être auprès de lui. Dans sa vie, dans son lit, même si elle y sacrifiait ses défenses, sa fierté.

Déclarer son amour à Luca lui avait demandé du courage, mais ces mots resteraient bien vides, si elle ne les accompagnait pas de preuves…

La mère de Luca l'avait déçu. Elle l'avait utilisé et avait fait preuve d'un féroce égoïsme.

Sophia était incapable d'abandonner Luca, car elle l'aimait.

Luca ne buvait que très peu d'alcool. Il n'aimait pas perdre le contrôle, d'une manière générale. Mais à cet instant, il était ivre.

Il était resté assis pendant des heures sur le parquet ciré de la chambre de Sophia, écartelé par la souffrance. Et lorsqu'il s'était enfin relevé pour rejoindre ses propres appartements, il avait entrepris de vider le contenu de son bar personnel.

Maintenant, le chagrin roulait lentement en lui, écrasant, inévitable.

Et Luca ne parvenait même plus à maîtriser les pensées qui tourbillonnaient dans son esprit.

Il ne valait rien. Rien. Il était roi, et pourtant absolument méprisable.

Il ne s'autorisait pas à réfléchir ainsi d'habitude ; mais aujourd'hui, il laissait libre court à la haine, nourrissait sa peine avec une fascination masochiste, noyé dans sa détresse.

Et il s'y abandonnait sans plus de résistance.

Sophia disait qu'il avait toujours été digne face à l'adversité, mais voilà qu'il était prostré sur le sol, à genoux devant ses péchés, à genoux devant les fragments de son âme. Sombre et brisé.

Il avait vu juste, ce soir-là, à San Paolo. Il n'était qu'une nuit sans lune, et Sophia les étoiles.

Il roula sur le dos et le monde tourna autour de lui.

Il n'avait aucune valeur parce qu'il avait été traité comme un objet, utilisé puis jeté.

Pourtant, au milieu des ténèbres, une étincelle lui apparut. Sophia ne le regardait pas avec pitié. Sophia pensait qu'il était fort et méritait son amour. Comme si le soleil était apparu à travers la tempête, il se sentit brusquement baigné de lumière.

Pourquoi sa mère et Giovanni dicteraient-ils ses choix de vie ? Pourquoi seraient-ils les seules fondations de son identité et de son avenir ? Peut-être que, en gardant le secret de son viol à la presse, sa mère avait empêché la nation de se faire un avis sur ce qu'il était ou n'était pas. Mais il l'avait en retour autorisée à influencer son existence tout entière.

Luca avait échappé aux affres des médias, mais il s'était défini à travers la trahison et l'indifférence de sa mère. Il avait fini par croire que, s'il ne se comportait pas de façon irréprochable sans jamais faillir, il serait aussi peu méritant qu'elle l'avait pensé.

Or Sophia ne s'était pas arrêtée à cela. Sophia le voyait pour l'homme qu'il aurait pu être. Et peut-être… l'homme qu'il pourrait devenir – avec elle.

Il l'avait repoussée, parce qu'il n'avait pas pu supporter de nourrir un tel espoir.

Elle méritait mieux. Elle lui était si précieuse, son étoile. Comment pouvait-il laisser Giovanni et sa mère garder leur sombre emprise sur lui, et rejeter Sophia, qui lui offrait son amour ?

Si Sophia pouvait l'aimer…

La douleur explosa en lui, plus brillante et plus violente que jamais.

Il l'aimait. Il l'aimait et lui avait fait du mal. Il l'avait repoussée pour se protéger.

Il avait agi comme sa mère autrefois… Il avait fait passer sa propre sécurité avant Sophia.

Mais c'était terminé.

Il ne voulait pas épouser Sophia pour le bébé. Il ne voulait pas l'épouser parce qu'il était souffrant et malsain. Il voulait l'épouser parce qu'elle était *sa* Sophia.

Quand il fermait les yeux, c'était son visage qu'il voyait.

Et son cœur ne battait que pour elle.

14.

Le jour du mariage, Sophia resta dans la maison de sa mère jusqu'à ce qu'on puisse lui faire envoyer des vêtements. Puis elle s'emmitoufla dans un manteau et rentra au palais à toute allure, curieuse de voir si les préparatifs avaient été annulés.

Mais tout était encore en place.

Peut-être que Luca, dans sa fierté féroce, n'avait pas accepté qu'elle soit prête à le défier.

Peut-être avait-il encore l'intention de la convaincre.

Ou peut-être avait-il toujours su qu'elle ne supporterait pas de l'humilier publiquement.

Quoi qu'il en soit, elle n'en saurait pas plus pour le moment. Avec l'aide de sa styliste, elle enfila sa robe de mariée bien plus tôt que nécessaire, puis entreprit de la questionner.

— Où est le roi ? demanda-t-elle.

— Dans ses appartements. Mais vous savez que voir le marié avant la cérémonie porte malheur…

— J'ai déjà eu la malchance de tomber amoureuse de mon demi-frère. Je pense que je peux prendre ce risque.

Elle attrapa son jupon et s'enfuit vers les quartiers de Luca sans demander son reste.

Mais il n'était pas là. Déçue, elle tourna les talons pour retourner à sa chambre. Les couloirs étaient remarquablement vides ; la majorité des domestiques étaient employés à l'organisation des festivités, de toute évidence.

Elle ralentit sa marche, surprise, lorsque des pas résonnèrent sur le sol de marbre.

Elle leva les yeux sur Luca. Il portait un élégant pantalon noir et une chemise blanche dont le col était encore déboutonné. Elle dut se faire violence pour ne pas courir à lui et se jeter dans ses bras pour l'embrasser à cet endroit précis, sur sa peau dorée, au creux de la gorge, là où son pouls battait doucement.

Mais elle resta figée, le souffle court.

— Luca.

— Je te cherchais.

— Je suis là.

Il fronça les sourcils.

— Et tu portes ta robe de mariée.

Elle fit danser les pans vaporeux autour de ses jambes.

— Oui.

— Tu as dit que tu ne voulais pas m'épouser.

— J'ai changé d'avis.

— Oh. Eh bien… J'ai décidé que j'avais également changé d'avis.

— Pardon ?

— Je ne veux pas t'épouser parce que tu portes mon enfant, Sophia. Tu avais raison, ce serait une terrible erreur.

Elle vacilla, horrifiée, comme s'il avait plongé ses mains puissantes dans sa poitrine pour lui déchirer le cœur.

— Tu ne veux plus m'épouser ?

— Je *veux* t'épouser. Mais si tu le souhaites, nous pouvons choisir de vivre dans le péché. Nous pouvons avoir un bâtard. Nous pouvons laisser le scandale nous engloutir et oublier le monde entier.

Elle cligna des yeux.

— Non, bien sûr que non. Luca, ta réputation… Et celle de San Gennaro…

— Tout cela n'a aucune importance. Si je dois faire un esclandre pour te prouver mes sentiments, très bien. Rien d'autre ne compte que mon amour pour toi. Ma réputation n'est rien, mon trône n'est rien – si tu n'es pas à mes côtés. J'abandonnerais tout pour toi. Voici la maladie dont je souffrais. Je m'accrochais à ma couronne, pensant qu'elle me donnait une valeur et une raison d'être. Pour elle, je devais me détourner de ce que je désirais réellement. *Toi*. Toujours toi. J'ai toujours su que ma perfection de façade se briserait le jour où je laisserais mes sentiments me guider. Aujourd'hui, toutefois, je suis prêt à rejeter les règles qui m'ont si longtemps enchaîné. S'il te plaît, crois-moi, *cara mia* : je laisserai tout cela derrière moi sans un regret, pour toi. Pour nous.

Alors Sophia s'autorisa à courir à lui, à se jeter dans ses bras, à embrasser le creux de sa gorge, à savourer le rythme de son cœur battant sous ses lèvres.

— Luca, murmura-t-elle, Luca, je te crois. Et je veux t'épouser, parce que je veux que tout cela soit réel, pour toujours. La cérémonie pourrait aussi bien se dérouler en secret dans une forêt, mais… Il vaut mieux en profiter pour donner une légitimité à notre enfant, tu ne crois pas ?

— Certes, j'imagine qu'un mariage royal faciliterait les choses pour la succession.

— Tu es le roi. Nous pourrions contourner les règles, mais pourquoi les contourner quand elles nous autorisent à nous marier ?

— Tu sais, je pensais que j'étais emprisonné par les obligations parce que j'étais roi. Mais ces chaînes étaient en moi. Toute cette noirceur existait parce que je ne voulais pas laisser entrer la lumière. Sur l'île, quand j'ai levé les yeux vers les étoiles, j'ai été aveuglé, pendant un instant. J'ai prié pour que la pénombre s'écarte et que tu sois ma lumière. J'étais le seul obstacle sur ma route, néanmoins. Depuis le début. C'est moi qui nous ai séparés…

— Parce que tu avais peur. Je comprends. Je comprends combien l'espoir peut être effrayant.

Il hocha la tête.

— C'est vrai. J'avais peur de désirer davantage que ce que je méritais, alors que j'avais accepté pendant si longtemps que l'amour était hors de portée. Je m'étais persuadé de n'en avoir plus besoin.

— Luca, tu n'es pas brisé. C'est ceux qui t'ont fait du mal qui sont endommagés.

Il attrapa ses mains et embrassa ses doigts.

— J'ai été brisé, pendant longtemps. Mais plus maintenant. Grâce à toi.

— Tu m'as aidée à me reconstruire aussi.

— Je t'aime, murmura-t-il.

— Je t'aime aussi.

— Je ne pensais pas que j'aurais droit à une fin heureuse.

— Vraiment ?

Il secoua la tête avec un demi-sourire.

— Dans les contes, les demi-frères et sœurs sont toujours machiavéliques.

— Alors j'aurais très bien pu être machiavélique, moi aussi.

— Bien sûr que non. Tu es la princesse.

— Et tu es mon prince charmant, Luca. Demi-frère ou pas.

— Oh ! Suis-je vraiment charmant ? fit-il en riant.

Son expression lumineuse la toucha en plein cœur.

— Pas toujours, répondit-elle avec un sourire. Mais tu es à moi, et c'est tout ce qui compte.

En écho aux paroles qu'elle avait prononcées à San Paolo, il répondit :

— Cela veut dire que tu es à moi aussi.

— Oui. Et je te choisis, toi, avant tout.

Elle posa ses lèvres sur les siennes, et il la serra contre lui.

— Je te choisis aussi. Avant tout, promit-il.

Et même s'ils prononceraient leurs vœux officiels plus tard, pendant la cérémonie, ce fut cette confession-là, secrète et radieuse, qu'ils gardèrent précieusement au creux de l'âme pour le restant de leurs jours.

Épilogue

Elle était au-dessus de lui, dans tous les sens du terme. Son épouse, un ange de lumière. Et il n'en avait jamais été plus certain qu'à cet instant, où elle berçait leur fille.

Il avait eu raison, des mois auparavant : le scandale de leur union s'était vite étiolé dans l'excitation générée par sa grossesse. Un bébé royal avait simplement éclipsé l'indignation. Une petite princesse était bien plus intéressante qu'une liaison douteuse.

Luca s'agenouilla devant le lit de Sophia, émerveillé par les deux femmes les plus importantes de sa vie.

— À quoi pensez-vous, Votre Majesté ? lui demanda sa sublime épouse.

— Je pense…

Il sourit.

— Je pense qu'avec deux lumières si brillantes dans ma vie, je ne pourrai plus jamais me perdre dans les ténèbres.

Retrouvez en mai 2020,
dans votre collection

AZUR

Mariée à Alessandro Zetticci,
de Natalie Anderson - N°4213

MARIAGE ARRANGÉ

Katie n'en revient pas de son audace. Jamais elle ne se serait crue capable de demander Alessandro Zetticci en mariage. Seulement voilà, elle est au pied du mur : pour échapper à un mariage forcé, elle n'a d'autre choix que de se trouver un fiancé ! Or, quel meilleur candidat pour tenir ce rôle qu'Alessandro ? Parce qu'il ne sera jamais question d'amour entre eux, leur union restera de pure convenance, et temporaire. Mieux encore, son époux de façade pourrait, tout comme elle, profiter des circonstances pour assouvir une vengeance qu'il a longtemps imaginée…

Dans le lit d'un homme d'affaires,
de Bella Frances - N°4214

Pour Jacquelyn, styliste de robes nuptiales, le mariage est synonyme d'amour éternel. Pour Nikos, homme d'affaires cynique, il ne s'agit que d'une mascarade réservée aux imbéciles. Aussi, quand l'une demande à l'autre de financer son entreprise qui court à la faillite, reçoit-elle un accueil glacial… et en retour, une proposition scandaleuse : celle de partager son lit ! Aussi choquée que follement attirée par le sublime Grec, Jacquelyn finit par céder à la tentation, tout en sachant qu'auprès d'un homme incapable de sentiments c'est son cœur qu'elle met en péril…

La reine et le sulfureux play-boy,
de Maisey Yates - N°4215

Ce soir, dans ce club privé où elle s'est rendue incognito, elle n'est plus la reine Astrid de Bjornland mais une femme en quête d'un homme. Un homme qui lui donnera un héritier. Son choix, elle l'a déjà fait : il s'agit de Mauro Bianchi. Le propriétaire des lieux, connu pour ses frasques et péchés, est viril, envoûtant, dangereux – et à l'opposé des aristocrates qu'elle côtoie au palais. Avec lui, elle partagera une nuit, une seule. Sans lui révéler ses intentions ou son identité. Et, si le destin le permet, elle en emportera un souvenir inoubliable…

Le serment de l'île, de Sharon Kendrick - N°4216

« Épouse-moi. » Les mots de Drakon Konstantinou donnent le vertige à Lucy. À l'époque de leur liaison passionnée sur l'île paradisiaque de Prasinisos, comme elle aurait aimé entendre une telle proposition ! Car elle était tombée amoureuse de son amant, avant qu'il la quitte brutalement et mette fin à ses rêves. Aujourd'hui, hélas, si Drakon est venu la retrouver, ce n'est pas pour lui promettre sentiments, fidélité et bonheur éternels. Non, ce que recherche Drakon, c'est une épouse de convenance – une mère pour le bébé dont il est, bien malgré lui, devenu le tuteur…

Un si dangereux patron, de Miranda Lee - N°4217

Abby adore son travail. S'occuper d'une magnifique demeure et pouvoir gérer son emploi du temps comme elle l'entend, quelle liberté ! Au service de Jake Sanderson depuis un an, elle ne voit jamais son employeur, qui met un point d'honneur à ne pas la croiser. Si au départ cette distance étudiée lui semblait la meilleure des options, Abby se prend soudain à attendre avec fébrilité chaque contact avec Jake. Est-ce en raison de la solitude qu'elle ressent ou plutôt de la séduction irrésistible de son hôte ? Quoi qu'il en soit, elle ne doit surtout pas laisser ses rêves la guider sur cette voie dangereuse. Jake est son patron – et doit le rester !

La conquête d'une innocente, de Susan Stephens - N°4218

Cela fait des années que Lucas Da Silva n'a pas revu Stacey. Mais il n'a jamais oublié le baiser qu'elle lui a offert, dans le haras familial, alors qu'elle était adolescente… La jeune femme l'exaspérait autrefois, à toujours le défier quand personne n'osait le faire. Elle l'attirait aussi, bien plus qu'elle n'aurait dû. Trop jeune, si innocente, elle représentait pour lui le fruit défendu. Or aujourd'hui, Stacey est devenue une femme sublime, une femme d'affaires accomplie, et leurs retrouvailles ont un parfum de tentation. Et si Lucas s'autorisait enfin à conquérir celle qui, depuis toujours, lui était interdite ?

Cette nuit avec un inconnu, de Clare Connelly - N°4219

Falaises dorées, plages de sable blanc, mer turquoise : Chrysa Vrachia est un lieu enchanteur. Le cadre parfait pour que Hannah oublie l'échec de ses fiançailles… dans les bras d'un inconnu ? Si l'idée lui semble folle, elle n'en est pas moins tentante, depuis qu'elle a croisé le regard de Leonidas Stathakis. Alors bientôt, Hannah cède à la séduction de cet homme mystérieux, qui ne lui promet rien de plus qu'une nuit de plaisir. Une nuit hors du temps, mais qui pourrait bien avoir des conséquences inattendues…

Le prix d'un scandale, de Dani Collins - N°4220

SÉRIE : *JOYAUX D'INNOCENCE* - 2/2

C'est une boucle d'oreille qui conduit Rozalia jusqu'en Hongrie… C'est un homme puissant qui va l'y retenir. Alors qu'elle était là pour convaincre Viktor Rohan de lui vendre le bijou ancien qu'elle recherchait depuis des années, Rozi a succombé au charisme de Viktor. Une passion folle et délicieuse, dont elle est aujourd'hui la prisonnière… Car la voilà enceinte de cet homme qui, loin de partager ses sentiments, n'éprouve que méfiance à son égard…

Nuit de noces en Grèce, d'Annie West - N°4221

SÉRIE : *PASSION AU PARADIS* - 1/6

Alors qu'Emma vient de jurer amour et fidélité à Christo Karides, elle surprend une conversation où son mari déclare ne l'avoir épousée que pour servir ses intérêts. Dévastée d'avoir été ainsi manipulée, Emma prend la fuite dans sa villa de Corfou. Sur cette merveilleuse île de la mer Ionienne, elle espère pouvoir panser ses plaies et oublier l'homme dont elle a fait l'erreur de tomber amoureuse. Hélas, alors qu'elle n'aspire qu'à la solitude, Christo débarque bientôt dans son refuge, afin de lui réclamer des comptes… et une nuit de noces !

Le secret révélé, d'Abby Green - N°4222

« Je suis enceinte. De toi. » Il a suffi de quelques mots adressés à Lazaro Sanchez, pour que Skye déclenche un véritable scandale. Certes, lui faire pareille révélation alors que Lazaro venait d'annoncer ses fiançailles à une autre, devant tout le gotha de Madrid, était pure folie de sa part. Mais comment aurait-elle pu garder le silence plus longtemps ? Bien que Lazaro n'ait jamais cherché à la revoir, après l'unique nuit qu'ils ont passée ensemble, tous deux seront bientôt parents. Et, que le milliardaire le veuille ou non, il est temps pour lui d'assumer ses responsabilités…

L'offre d'un milliardaire, de Carole Mortimer - N°4223

Ne se sentant pas le cœur d'avouer à son père, déjà très affaibli par la maladie, le terrible échec qu'a été son mariage, Kenzie a dû se résoudre à demander à Dominick Masters, celui qui sera bientôt son ex-époux, de l'accompagner au mariage de sa sœur. Contre toute attente, Dominick accepte de jouer avec elle la comédie du couple amoureux. Mais, lorsqu'il lui annonce ce qu'il attend d'elle en retour, Kenzie sent son cœur se serrer d'angoisse. Un week-end. Un week-end entier, avec lui. Deux jours à lutter contre le désir insensé que n'a jamais cessé de lui inspirer cet homme qui n'éprouve pour elle que le plus glaçant des mépris…

OFFRE DÉCOUVERTE !

Vous souhaitez découvrir nos collections ? Recevez **votre 1er colis gratuit*** a **2 cadeaux surprises !** Une fois votre colis de bienvenue reçu, si vous souha continuer à recevoir nos livres, cela se fera automatiquement. Vous recevrez a vos livres inédits** en avant-première.

Vous n'avez aucune obligation d'achat et cette offre est sans engagement de dur

*1 livre offert + 2 cadeaux / 2 livres offerts pour la collection Azur + 2 cadeaux. Les collections Gentlem et Aliénor démarrent avec le 1er colis payant.

**Les livres Ispahan, Sagas, Best-Sellers Féminins, Gentlemen et Hors-Série sont des réédités.

☛ COCHEZ la collection choisie et renvoyez cette page au
Service Lectrices Harlequin – CS 20008 – 59718 Lille Cedex 9 – France

Collections	Références	Prix colis*
❑ **AZUR**	Z0ZFA6	6 livres par mois 28,79€
❑ **BLANCHE**	B0ZFA3	3 livres par mois 23,65€
❑ **LES HISTORIQUES**	H0ZFA2	2 livres par mois 16,59€
❑ **ISPAHAN**	Y0ZFA3	3 livres tous les 2 mois 23,35€
❑ **PASSIONS**	R0ZFA3	3 livres par mois 25,09€
❑ **SAGAS**	N0ZFA3	3 livres tous les 2 mois 27,66€
❑ **BLACK ROSE**	I0ZFA3	3 livres par mois 25,09€
❑ **VICTORIA**	V0ZFA3	3 livres tous les 2 mois 25,69€
❑ **GENTLEMEN**	G0ZFA2	2 livres tous les 2 mois 17,35€
❑ **BEST-SELLERS FÉMININS**	E0ZFA2	2 livres tous les 2 mois 18,75€
❑ **ALIÉNOR**	A0ZFA2	2 livres tous les 2 mois 17,35€
❑ **HORS-SÉRIE**	C0ZFA2	2 livres tous les 2 mois 17,35€

N° d'abonnée Harlequin (si vous en avez un) ⊔⊔⊔⊔⊔⊔⊔⊔

Mme ❐ Mlle ❐ Nom : ____________________

Prénom : ____________________ Adresse : ____________________

____

Code Postal : ⊔⊔⊔⊔⊔ Ville : ____________________

Pays : ____________________ Tél. : ⊔⊔⊔⊔⊔⊔⊔⊔⊔⊔

E-mail : ____________________

Date de naissance : ____________________

❐ Oui, je souhaite recevoir par e-mail les offres promotionnelles des éditions Harlequin.
❐ Oui, je souhaite recevoir par e-mail les offres promotionnelles des partenaires des éditions Harlequin.

Date limite : 31 décembre 2020. Vous recevrez votre colis environ 20 jours après réception de ce bon. Offre soumise à acceptation et réservée aux personnes majeures, résidant en France métropolitaine, dans la limite des stocks disponibles. Prix susceptibles de modification en cours d'année. Vous pouvez demander à accéder à vos données personnelles, à les rectifier ou à les effacer. Il vous suffit de nous écrire en nous indiquant vos nom, prénom et adresse à : Service Lectrices Harlequin CS 20008 59718 LILLE Cedex 9. Service Lectrices disponible du lundi au vendredi de 8h à 18h : 01 45 82 47 47.

Composé et édité par HarperCollins France.

Achevé d'imprimer en mars 2020.

BLACK PRINT

Barcelone

Dépôt légal : avril 2020.

MIXTE
Papier issu de
sources responsables
FSC® C108412

Pour limiter l'empreinte environnementale de ses livres, HarperCollins France s'engage à n'utiliser que du papier fabriqué à partir de bois provenant de forêts gérées durablement et de manière responsable.

Imprimé en Espagne.